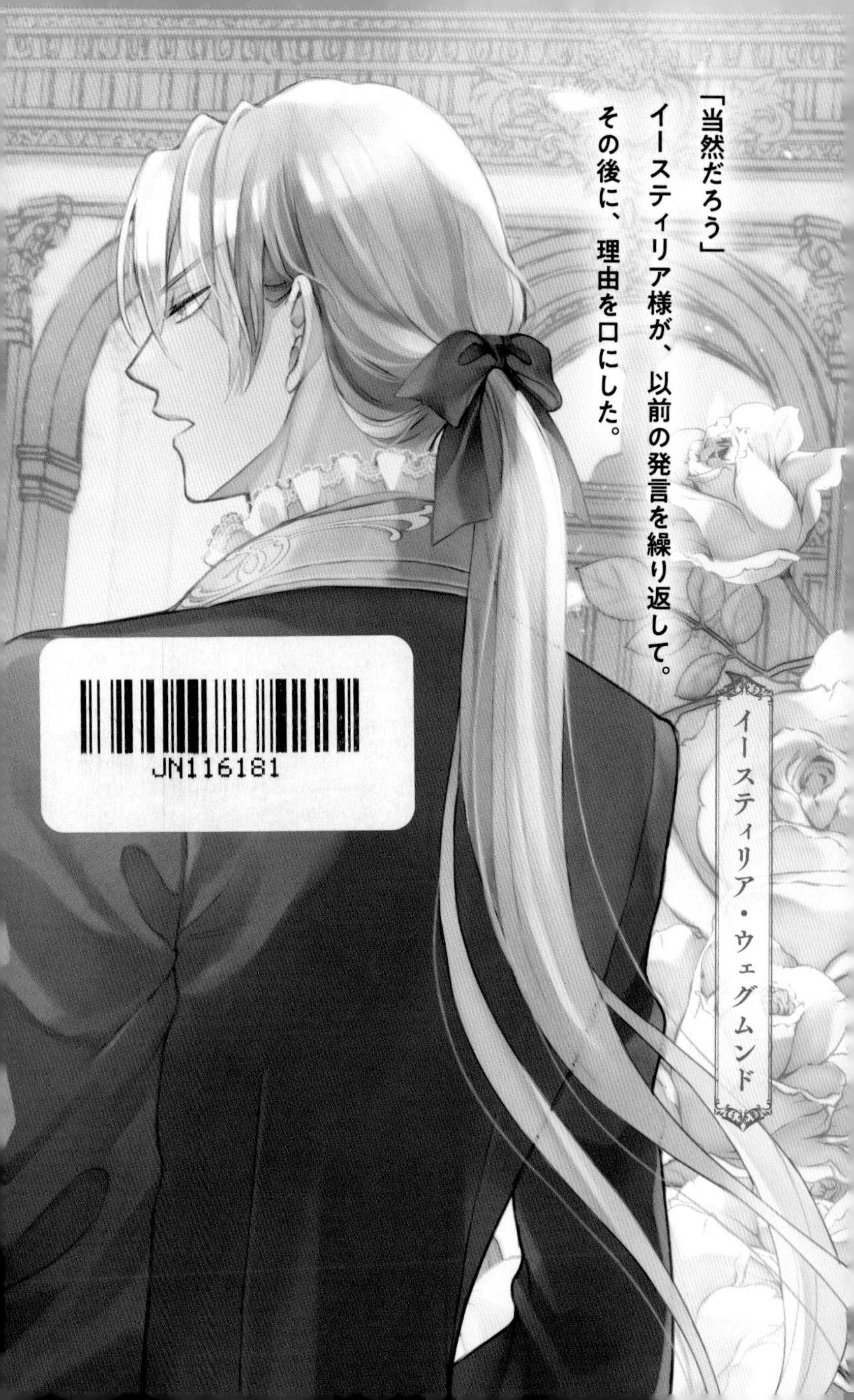
「当然だろう」

イースティリア様が、以前の発言を繰り返して。

その後に、理由を口にした。

イースティリア・ウェグムンド
JN116181

「何故私が、子爵家のご令嬢に、
愛してもいないのに婚約を申し込むのだ？」
その言葉に、全員が静まり返る。
取り巻き達は、驚愕の表情を浮かべていた。
アレリラ・ダエラール

クットニ・ランダン
カルダナ・シンズ
エティッチ・ロンダリィズ
ミッフィーユ・スーリア
お局令嬢と朱夏の季節
～冷徹宰相様との事務的な婚姻契約に、不満はございません～

お局令嬢と朱夏の季節

1

~冷徹宰相様との
事務的な婚姻契約に、
不満はございません~

メアリー＝ドゥ
illustrator Shabon

目次

contents

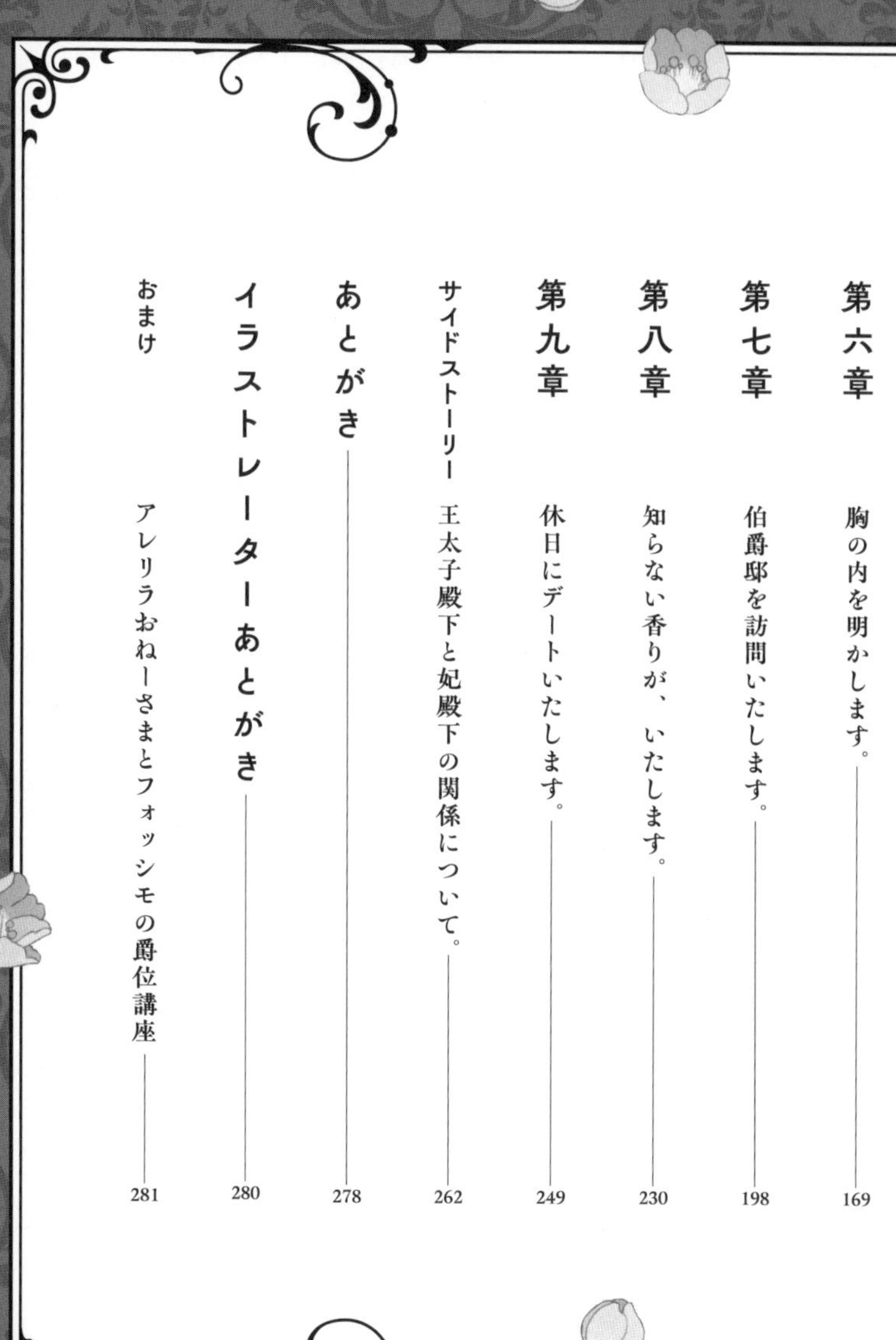

c h a r a c t e r   c h a r t

バルザム帝室

セダック・バルザム帝王陛下

レイダック・バルザム
（王太子）

||

ウィルダリア・バルザム
（王太子妃）

アザーリエ・ロンダリィズ
（トラフ公爵夫人）

大好き？

大好き！

気の置けない仲

お気に入り？

恋仲の噂？

ミッフィーユ・スーリア（スーリア公爵家三女）

取り巻き？

仲良し三人娘

エティッチ・ロンダリィズ伯爵令嬢

カルダナ・シンズ伯爵令嬢

クットニ・ランガン子爵令嬢

お局令嬢と朱夏の季節

人物相関図

～冷徹宰相様との事務的な婚姻契約に、不満はございません～

ダエラール子爵家

フォッシモ・ダエラール子爵
（アレリラの弟）

婚約破棄！

ウェグムンド侯爵家

元婚約者

ボンボリーノ・
ペフェルティ伯爵

アレリラ・ダエラール子爵令嬢
（ウェグムンド侯爵夫人）

||

アーハ・
コルコツォ男爵令嬢

||

イースティリア・ウェグムンド侯爵
（宰相閣下）

職務上のトラブル？

コロスセオ・
ウルムン子爵

オルムロ（ウェグムンド侯爵家執事長）

ケイティ（ウェグムンド侯爵家侍女長）

序章　宰相閣下に、婚約を申し込まれました。

「君に婚約を申し込みたい」

ある日、宰相閣下の秘書官である子爵令嬢、アレリラ・ダエラールは、仕える上司にそう告げられた。

チラリと目を向けると、この国で宰相を務める彼、イースティリア・ウェグムンド侯爵は、書類から目も上げていない。

目を戻したアレリラは、書類の仕分けを再開しながら淡々と答えた。

「それは、どのような冗談でしょうか？」

「私は冗談を口にするほど暇ではない」

「十分に存じ上げておりますが」

現に、今は国を騒がせた騒動の後始末に、一分一秒すら惜しい状況である。

——婚約を望んでおられるのは、冗談ではないようですね。

アレリラは手を止めないまま、イースティリア様がそれを望む理由を、考え始めた。

今年26歳になる自分は、貴族社会では立派な行き遅れだ。

18歳の時、婚約者であった伯爵令息に婚約破棄を宣言されて以来、他の殿方との縁はなかった。


彼が言うには、婚約破棄する理由が、いくつかあるようだった。


曰く、無愛想。

アレリラは幼少の頃より、表情を作るのが苦手だった。

嬉しい、悲しいという感情は当然あるものの、人よりはだいぶ希薄なようで、鉄で出来ているのかと思うくらい表情が変わらない、と言われる。

一応、淑女の微笑みを浮かべることは自分の意思で出来るが、あまりにも動かないので、人形のようで不気味だという陰口を聞いたこともあった。

話術はさほど得意ではなく、淡々と事実のみを述べるので、嫌な顔をされることが多い。


曰く、見た目が陰気臭い。

アレリラは黒髪黒目で、肌は白いものの、おそらく華やかさはない。

また顔の作りが大人びており、愛らしい格好というものが、表情も相まって壊滅的に似合わない。

そのため、装飾が控えめなドレスを纏うことが多く、スレンダーな体形故に、色気というものにもあまり縁がなかった。


曰く、背が高すぎる。

女性にしては長身のアレリラは、ヒール付きだと大抵の殿方よりも目線が高くなってしまい、ありがたくも『大女』の称号をいただいていた。

幼少時に、本人の意思とは関係なく結ばれた婚約者である伯爵令息は、アレリラの背丈が彼を追い越した時点でいたくプライドが傷ついたようだ。

しかしこればかりは、生まれ持ったもの故に、どうしようもなく。


右記の理由により、婚約破棄を宣言された。

それも、貴族学校の卒業パーティーという大勢が見ている場で。


ちなみにその時の伯爵令息は、アレリラと正反対の、金髪碧眼で可愛らしい、胸の大きな男爵令嬢を腕にぶら下げていた。

不貞行為を行ったということで、当然、令息有責の婚約解消になった。

その時点で、子爵家の無愛想な18歳の大女に婚約を申し込みたがる、年頃のご令息が売れ残っているわけもなく。

さらに、社交界での立ち位置にも特に興味がなかったので、しばらく放置している間に、どうやらこちらが悪者にされていたらしい。

しかし、アレリラは気にしなかった。

子爵家を継ぐ弟の学費もあるので、と、さっさと自分の結婚に見切りをつけて職を探したところ、運よく帝宮に仕官出来た。

アレリラは貴族学校で、全学年全学期でトップを独走し、首席で卒業したことから能力的には十分と判断されたのだろう。

また、淑女教育の成績も同様だったため、礼儀礼節に関しても問題視はされなかった。

今思えば、そういうところも伯爵令息に疎まれていた原因であったのだろうけれど、今でも『勉強しなかった方が悪いのでは』としか思っていない。

宮廷には最初、ただの文官として入ったが、他の人間の杜撰な仕事に色々口出ししている内に、宰相閣下の目に留まったのが21歳の頃。

その時点で『お局令嬢』と呼ばれていたアレリラは、入廷した時から今までの五年間、黒髪を一つ結びにして化粧は最小限、というスタイルを一切変えていない。

そうして今は、敏腕にして冷酷と言われる、イースティリア様の秘書官として働いている、というわけだった。

彼はアレリラの二つ年上で、独身である。

とんでもない美貌の持ち主なので、ご令嬢がたに大変人気があった。

爵位が違いすぎて、アレリラにとっては造作の良し悪しに拘わらず、対象外のお人である。

むしろ彼が何故結婚していないのか謎だったが、仕事に関係ないので聞いたことはない。

が、耳に入ってきた噂話は知っている。

イースティリア様は、五つ年下のスーリア公爵家三女ミッフィーユ様と熱烈な恋仲である、という話だ。


——つまり、これはお飾り妻を探している、ということでしょうか？


現状の貴族間の力関係を鑑みるに、スーリア公爵家とウェグムンド侯爵家が繋がるのは、あまりよろしくない。

スーリア公爵家は、王弟殿下が叙爵されて出来た家だ。

筆頭侯爵家であるウェグムンド家と姻戚関係になって力を持ちすぎると、権力闘争が起こる火種を抱えそうな微妙な状況なのだ。

なので現状、政略的に既に価値のない三女様は当たり障りのない貴族に嫁がせるか、別に体裁を気にしなければ独身のままでも良い、というくらいの立ち位置にいる。

「つかぬことをお伺いしますが」

「何だ」

「宰相閣下には、愛する方がいらっしゃいますか？」

「当然だろう」

その返事に、アレリラは深く納得した。

これは、本当ならミッフィーユ様と添い遂げたいが無理なので、とりあえず体裁としてお飾り妻が欲しい、ということで間違いない。

アレリラなら、力のない子爵家で揉める心配もない、というところだろう。

弟もそろそろ爵位を継ぐので、実家にとっては侯爵家との繋がりは願ったり叶ったりだ。

権力を実際に使わせてもらえるかどうかはともかく、あの子の後ろ盾に宰相ひいては侯爵家があるぞ、と見せられるのは役に立つだろう。

自分がお飾りであることは、アレリラ的に全く問題ない。

そもそも結婚する気がなかったのだから、余った権利を有効に使えるのならそれに越したこともなかった。

「分かりました。婚約のお話、謹んでお受けいたします」

「そうか。では婚約届をそちらに回すので、君もサインを」

「用意周到ですね」

「目的のために必要なものを、可能な限り迅速に揃えておくのは当然のことだろう。婚約式は宮廷内の小祭殿で行う。ドレスの形など希望はあるか？」

「特には。ですがまともなものを持っていないので、祭礼課に、祭殿使用許可を取るついでに貸衣装の手配をしておきます。代金はどちらに請求を回しますか？　また、届けは婚籍管理課にいつ頃提出なさいますか？」

「小祭殿の使用許可は四週以上先にしてくれ。招待客はお互いの二親等までで希望者のみ。披露宴は別で行う。リストを見て、招待状を作成してくれ。業務時間内で構わない」

「承りました」

「婚約届は、祭殿使用日時から逆算して五日以上の余裕を見れば、届けるのはいつでも問題ない。貸衣装は頼まなくていい。出張扱いで、こちらのメモの店に行けるようスケジュールを調整してくれ。一点もの（オートクチュール）のドレスを仕立てる。代金はウェグムンド侯爵家で持つ」

　イースティリア様とアレリラの机は、向かい合わせにくっつけて置いてある。

　お互いに受け渡す書類の種類ごとに箱が備えてあり、いちいち立たなくてもやり取りをスムーズにするためだ。

　二人が来客に背を向けないよう、ドアに対して横向きになっていた。

　すぐに渡されたメモを手に、アレリラが口を開く。

「異議があります」

「聞こう」

「スケジュールの調整は可能です。そしてドレスに対する経費を出していただくのはありがたいことですが、巨額になりすぎるのは我が家の家格を考えると、少々対外的な問題があるかと」

「気にしなくていい。宰相と宰相秘書官の婚約だ。こうした婚約の場合、陛下より祝儀も出る」

「畏まりました」

このやり取りの間、甘い空気など微塵もなく事務的に、しかし案件を片付けるのと同様に最速で段取りを決定していく。

結局その後のやり取りでは、お互いに目すら合わせなかった。

第一章　宰相閣下と結婚の準備を行います。

「彼女に似合うドレスを。それに見合う、私の礼服も仕立ててくれ」

冷酷宰相と呼ばれるイースティリア様は、服飾店に赴いても変わらない。

深みのある銀髪に、冴え冴えとした冷たく蒼い瞳。

とてつもない美貌は、ほぼ表情を変えずに口元だけが動く。

真っ白でシンプルな宰相服は、彼自身のためにあつらえたように、よく似合っている。

どこをとっても完璧な造形の顔は、すらりとした長身と相まって芸術品のようだと言われていた。


――わたくしがどのような格好をしても、見合うとは思えませんが。


宰相に負けず劣らず動かない表情筋に、淑女の微笑みだけを湛えて、アレリラは店員に希望を口にする。

「婚約式は身内のみで行うものです。外を歩くので裾の長さは足首まで、デザインは年齢的に、なるべく装飾は控えめなものでお願いいたします。色味は淡いものでも青系統と銀糸で纏めていただけると、イースティリア様のお色となるのでありがたく存じます」

仲睦まじさを示すのに、相手の色を纏うのは基本中の基本。

王家御用達なだけあって、宝飾品の取扱いもあり、専門の宝石商が常駐しているようだ。

ドレスや礼服のデザインや布地を詰めると、そのまま宝飾品の選定に入った。

「石は二種類、ブラックオパールとサファイアを合わせてくれ。台座は白銀が望ましい」

「でしたら、良いものがございます。一組取り揃えますか？」

「あくまでも婚約指輪だ。彼女の分だけでいい。結婚指輪は、石の入らないものを別に作る」

「分かりました。でしたら、黒と銀のラインが入ったものではどうでしょう？　こちらの素材でしたら〜」

全てのやり取りが滞りなく進んだ後、『質問は？』とイースティリア様が問いかけてきたので、アレリラは笑みのまま提案する。

「一つだけ。先ほど婚約指輪のみとされていましたが、イースティリア様の胸に飾るブローチに類するアクセサリーを婚約指輪と同じ宝石で作ってください。夜会や公式の場に出る際に、身につけるものを揃えておくに越したことはございませんので」

アレリラの提案に、イースティリア様は小さく頷（うなず）いた。

「認めよう」

「ありがとうございます」

一通り注文を終えて馬車に戻ると、御者はそのまま王城に向けて走り出したので、アレリラは正面に座るイースティリア様に頭を下げる。

「閣下にも時間をいただきまして、誠にありがとうございます」

「共同事業で、必要な条項を共に確認するのは当然のことだ。それと、君のプライベートと職務を分ける姿勢は素晴らしいが、閣下ではなく今後は名を呼ぶように」

「心得ました、イースティリア様」

「それでいい。また、二人の時に笑顔を作る必要はない。君が表情を変えるのを苦手としているのは承知している」

「お心遣い、ありがとうございます」

感謝を述べ、アレリラがスッと表情を無にすると、イースティリア様はまた満足そうに頷いた。


――取り繕う必要はない、ということでしょうか。


イースティリア様自身も、必要がなければ愛想の良い笑みなど浮かべはしないし、浮かべたとしても最小限だ。

お互いの利害が一致したパートナーとして、そうした気遣いをしてもらえるのは素直にありがたい。

「イースティリア様、質問を一つ、よろしいでしょうか」

「ああ」

「お住まいの屋敷の見取り図や、雇っている使用人の名や役職の割り振りなどの一覧を拝見することは可能でしょうか？」

「一両日中に手配しよう」

何のために必要か、などという無駄な問いかけはない。

今後一緒に住む以上、それが家政の予習であることなど、求めた内容を聞けば当然すぎることだからだ。

「あまり根は詰めるな」

「心得ております。業務に支障が出るようなスケジュール管理はいたしません」

「他に質問は？」

「二点ございます。まず、侯爵邸にいつ頃引っ越せばよろしいでしょうか？」

「君の部屋は、すでに屋敷に用意させている。移動三日前までに申告してくれれば、輿入れはいつでも構わない」

「畏まりました。二つ目は、わたくしの後に入居予定がある方、あるいは頻繁に出入りなさる賓客はいらっしゃるかどうか、をお教えいただければ」

アレリラの質問は、ミッフィーユ様が、どの程度の頻度でお越しになるか、の確認だった。

例えば、住んでいるのと変わらない程度に訪れる場合。

離れがあれば、ミッフィーユ様用にそちらを準備することも考えている。

あるいは、それほどでなくとも高頻度なら、専用の部屋を本邸に用意する必要があるかもしれない。

さほどでもないなら、客間でいい。

ミッフィーユ様との逢瀬がどうなるのか、お飾り妻としてきちんと把握しておかないと、余計な憶測を生んでしまうだろう。

頻度が高い場合は、それこそアレリラ自身との交友という形で演出が必要かもしれないのだ。

ウェグムンド侯爵家やイースティリア様ご自身の名に傷がつきかねない要素は、事前に排除しておくべきだろう。


と、思ったのだけれど。


アレリラの問いかけに、イースティリア様は怪訝そうに微かに眉根を寄せた。

はたから見ると気分を害したように見えるが、この表情は違う。

純粋に、何か疑問を覚えている時のお顔だ。

「近いうちに屋敷に入居する予定の者はおらず、頻繁に出入りする賓客の予定もない」

「畏まりました」

つまりミッフィーユ様との逢瀬は、外で行うのだろう。

であれば、多少は気が楽になる。

どこで会うにしても、イースティリア様自身が、うっかり足を掬われるような脇の甘い真似をするはずがないからだ。

「では、婚約式の前日に一日休みをいただければ。スケジュール調整と移動の手配をいたします」

「構わんが、当日は私も休みにしておくように」

「さほど、荷物はありませんが」

「主人が、妻となる女性の輿入れに立ち会わないのは問題だろう」

言われてみれば、そうかもしれない。

自分のことになると、そうした面を考慮しない気質を反省しつつ、アレリラは頭を下げた。

「浅慮でした。申し訳ございません」

「私も自分のことであれば気づかぬこともあるだろう。気にせずとも良い」

微かに表情を和らげたイースティリア様の気遣いに、少し気恥ずかしさを感じつつ、アレリラは頷いた。


お飾りであることは問題なくとも、この上司に失望されるのは本意ではない。

後日、小さな事件が起こった。
イースティリア様から、正式な婚約申し込みが子爵家のタウンハウスに入ると、お父様とお母様が泡を吹きそうな顔で大騒ぎしたのだ。

「一体、どういうことだ!?」

アレリラはその件について、弟も交えて説明する。

イースティリア様の噂と自分の立ち位置を告げると、三人は何とも言えない表情をした。

「それは……」

「あまりにも……」

「良いんだよ、姉上。断っても」

「何故です?」

苦虫を噛み潰したような表情の三人に対して、本気で意味が分からなかったアレリラは、小さく首を傾げた。

「余った権利を有意義に使うだけのことです」

そんな娘に、父母は口をつぐみ、弟であるフォッシモは呆れを隠さずに頭を横に振る。

「自分のことを好きでもない男に、結婚前から浮気確定で娶られることの、どこが有意義なの?」

「子爵家に多大な利益をもたらします。政略結婚などそんなものでしょう」

「姉上のおかげで、別にうちの家は困ってないよ?　まだ少し貧乏ではあるかもしれないけど」

「しかし、あって困る繋がりではありません」

「それはそうだけど!　姉上の気持ちも大事だろって!」

何故か声を荒らげる弟に、アレリラは無表情のまま、思ったことを淡々と口にした。

「わたくしは、イースティリア様の実務能力やお人柄を尊敬しております。問題はありません」

「浮気野郎の人柄のどこに尊敬する要素が!?」

「婚前からハッキリ言ってくれる分、婚約中に浮気して婚約破棄を申し渡す者よりも誠実ですし、その上で了承しております。同様に、年齢的に問題のあるわたくしとしては、後妻として貞淑な妻であることを求められるよりも、仕事を続けられることの方が重要です。何より楽しいですし」

仕える相手はイースティリア様であり、そこに関しては秘書官として、今までとなんら関係が変わるわけではない。

アレリラの性格や、以前の婚約破棄の顛末(てんまつ)を知っている弟は、それ以上何も言わなかった。

あまり、納得はしていなさそうだったけれど。

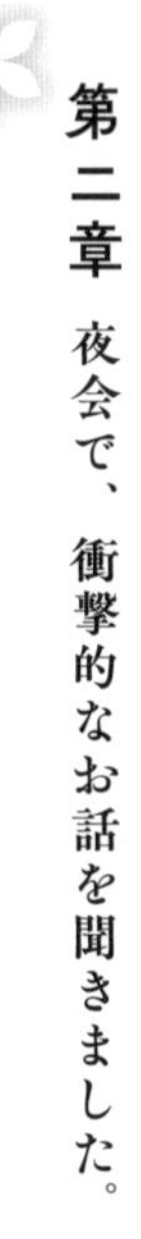

第二章　夜会で、衝撃的なお話を聞きました。

――婚約式の前日。


問題なく荷物の搬入を終えたアレリラは、レイアウトの指示を出した後、イースティリア様に庭の東屋でお茶でも、と誘われた。

了承して赴くと、いつもの宰相服ではなく、楽な服装をしている彼の姿はとても新鮮に思える。

淹れてもらったお茶を口に含むと、爽やかな香りが鼻に抜けた。

「独特の香りがしますが、美味しいですね」

「北部で栽培されているリント茶葉だ。あまり出回っていない」

「話には聞いたことがあります」

希少な高級茶であり、苦みや渋みも感じないので、アレリラが侯爵家に歓迎されていない、ということもないようだ。

すぐ後ろに控えている、先ほど紹介された二人を見やる。

頑健な体格に穏やかな表情を浮かべる執事長のオルムロと、丸顔で人の好さそうな笑みを湛えた侍女長、ケイティ。

今回手ずからお茶を淹れてくれた彼女は、アレリラの感想に満足そうな表情を浮かべた。

穏やかな空気の中、イースティリア様が質問を口にする。

「体調に問題はないか？」

「生家を出たのは初めてなので、多少の緊張はありますが、明日の業務に影響が出るほどでは。本日、早めに休息をいただければ十分かと」

「そのように手配しよう。部屋に不満は？」

「ございません」

「ならば良い。婚姻後は、現在の部屋から夫婦の私室に移動してもらう。現在の部屋は君の執務室となるので、留意するように」

「畏まりました」


——体裁のため、でしょうか？


内心、疑問を覚える。

夫婦の寝室を挟んで両脇に私室、というのは、貴族としては当然の間取りだ。

その場合、睡眠は私室でも取れるようにしてあり、夫婦の寝室を必ずしも使用する必要はない。

お互いに、私室側から鍵を掛けられるようにもなっている。

現在の部屋でも十分広いので、間の寝室を使わないなら移動する必要もないのだけれど、と思いつつ、アレリラは問いかけた。

「つかぬことをお伺いしますが」

「何だ」

「わたくしは、懐妊の必要がありますか？」

侯爵家の後継問題は、先に確認しておかなければならない事柄だった。

イースティリア様がミッフィーユ様と恋仲であるのなら、その間に生まれた子に侯爵家を継がせることも、十分にあり得る。

ミッフィーユ様の御子と養子縁組の手続きをし、正式に迎え入れて次期当主としての教育を施すことになるだろう。

そうなると、アレリラが不用意に妊娠するわけにはいかない。

逆にその予定がないのであれば、なるべく早く子をなさないと、年齢的にアレリラが複数の子を産むのは難しい。

あるいは、どちらの予定もないのであれば、近い血筋から養子を取る必要が出てくるだろう。

アレリラの問いかけに、イースティリア様は今度は微かに不機嫌そうな、同時に戸惑った雰囲気を滲(にじ)ませた。

「懐妊に問題があるのか？」

「年齢的な問題もそうですが、わたくしが懐妊しますと、現在の秘書業務に支障が出ることもあるでしょう。健康に自信はありますが、子を宿すのは不測の事態が起こるものです。なので、早期に引き継ぎや人材育成を行わなければなりません」

　現在のアレリラの作業量をこなせる者がいなければ、イースティリア様の負担が増える。

　もし一人に引き継がせるのが不可能であれば、二人に分担して仕事を与えなければならない。

「家政についても。宰相職をお務めのイースティリア様の代わりに、領地に関する業務を行うこともあるでしょう。それらを、現在の仕事量をこなしながら可能かも、未知数です」

　二つの問題に関して口にすると、イースティリア様はご納得されたようだった。

「他家との交流については、現在担っている母上に、しばらく補佐に当たっていただくよう打診しよう。それに、家のことはある程度、家令と侍女長で分担出来る。領地経営については、まだ父上が健在で、ある程度は担ってくれている。そちらの引き継ぎに関しては徐々に、で構わない」

「お気遣いありがとうございます」

「私は君に懐妊してもらいたいと思っている。異存があれば、今聞こう」

「いえ、異存はございません」

　アレリラは、首を横に振った。

　しかし、そうなると。

　――どちらにせよ、公務を分担できる人は必要ですね。

先日顔合わせをさせていただいた際、朗らかな前侯爵夫人は『早く領地に引きこもりたいわぁ。やっと素敵なお嫁さんを見つけてくれたわねぇ』と言っていたので、あまり手を煩わせたくはない。しかしミッフィーユ様ではなく、アレリラとの子を望むということは、イースティリア様は余計な問題は引き起こしたくないのだろう。

ミッフィーユ様はあくまでも、愛人として寵愛なさるという方針だと、得心する。

さらに、別の懸念も出てきた。

「わたくしは、この年齢ですが……恥ずかしながら、閨教育に関しては知識しかございません。その点、不足があるかと思いますが」

流石に、それを告げるのは少し頬が熱くなるが、言わねばならない。

行き遅れであっても、恥ずかしいものは恥ずかしいのだ。

表情を変えたつもりはなかったが、イースティリア様はめざとく顔色を見極めたようで、何故か少しだけ顔を緩めた。

「君でも、こうした話題には、そのような顔をするのだな。意外だ」

「一応、未婚の令嬢です。これでも」

「忘れたことはない。各方面有能なので、君にも自信がない部分があるのだということや、貞淑さを知れて嬉しい限りだ」

――嬉しい？

どういう意図での発言なのだろう、とアレリラは訝しんだ。

元々、どういう面においても特段の自信などないのだけれど。

それに、人並みの羞恥心くらいは持ち合わせている……と、思っている。

「明日の婚約式で、君のドレス姿を楽しみにしている」

「粗相のないように、務めさせていただきます」

アレリラが小さく頭を下げて、その席での対話は終わった。

――そうして、婚約式の日。

「似合ってるよ、姉上」

婚約式自体は晴れてつつがなく終わり、ガッチガチに緊張している父母と、嬉しそうな前侯爵夫妻……イースティリア様のお父様とお母様が、言葉を交わしている中。

正装姿でこちらに近づいてきた弟のフォッシモが、そう褒めてくれた。

記憶にある限り、ご令嬢の服装を通り一遍以上に褒めたことがなかったはずのイースティリア様にも、賞賛に近い雰囲気で褒めていただいた。

ドレス自体は年相応に落ち着いたもので、元々可愛らしい格好の似合わないアレリラ自身も、高価で素晴らしい仕上げで気に入っている。

「ありがとう、フォッシモ」

「うん……」

礼を述べると、次いでフォッシモは、少し険のある目をイースティリア様に向けた。

彼は、この婚約に納得していないのだ。

しかし、次期子爵がそんな目を帝国宰相である方に向けるのはいただけない。

「そのような目をするものではありません」

「大好きな姉を奪われるのに、好意的になれるはずもないよ。でも、すみませんね、侯爵様」

まるで当てこするような発言を、イースティリア様は気にした様子もなく頷いた。

「もっともだ。私には姉妹がいないので、気持ちが分かるとは言えないが、アレリラは魅力的な女性だ。大切にすると約束しよう」

イースティリア様の言葉に、フォッシモは不思議そうな表情を浮かべた後、また眉根を寄せる。

「だったら、愛……」

「フォッシモ」

彼の発言を、流石に遮る。

『大切にするというのなら、愛人とは別れたらどうだ』とでも言おうとしたのだろう。

しかし。

「ここは、たった今、婚約を誓った場です。不似合いな話題は控えなさい」

今日のこれは、対外的には祝事なのだから。

ましてここは、現在貸し切っているとはいえ帝宮内にある小聖堂の前であり、どこに誰の耳があるか分かったものではない。

イースティリア様とミッフィーユ様の仲は、公然の秘密に近い話とはいえ、本人たちが認めて堂々としていていいような話題ではない。

お飾りの妻ではあっても、ウェグムンド侯爵家に嫁入りする以上、家の不利となりそうな振る舞いは控えて然るべきだ。

それは、縁戚となるフォッシモも同様。

ただでさえ、高位貴族筆頭である侯爵家と、ついこの間まで、没落が見えそうなくらい財政的に厳しかった下位貴族の子爵家との婚姻。

さらに、婚姻の相手が行き遅れのアレリラということで、格好の噂の的にされそうな要素が盛りに盛られているのだから。

「……ごめん」

「分かれば良いのです」

そんな姉弟の会話をどう思ったのか、いつも通りに無表情で話を聞いていたイースティリア様は。

「二人の仲が良さそうで何よりだ。ダエラール領とウェグムンド領は隣同士でもあることだし、今後、良い付き合いをしたい」

「ええ。それはもちろん。私としても、子爵家を自分の代で潰したいわけではないので、よろしくお願いいたします」

そう言って差し出したイースティリア様の手を、フォッシモは言葉を呑み込んだ複雑そうな顔で握り返した。

その後。

侯爵邸にお引っ越しし、婚約式を無事終えて数日後の、ある夜。

「これを試してみてくれ」

と、イースティリア様に居間で渡されたのは、容器に入ったクリーム状のものだった。

いくつかあり、薬の香りがするものと、ふわりと花の香りがするものがある。

「これは何でしょう?」

「ウェグムンド領にて開発された、美肌用クリームというものだ。元々は肌が弱い者に与える薬だったようだが、肌が滑らかになるところに目をつけた小領主から、キツい臭いを改善したので高位の貴婦人方に売り込みたいという申し出を受けた」

小領主は、ウェグムンド領内の分割された土地を管理する代官のことだ。

詳しい説明によると、薬の香りがするものが肌に潤いを与えるクリームで、花の香りがするものが肌を保護するものだという。

　眠る前に使用するらしい。

「試作品ということでしょうか？」

「いや、小領内では多少流通している。調査結果を見ると実際に効果があり、評判も悪くない。しかし、原価が高く数が作れないそうだ」

「元が薬であるのなら、そうでしょうね」

　薬草は山で採るか栽培するもので、風邪などに効く比較的安価なものは、大規模に栽培されているからこそ価格が抑えられている。

　肌に良い薬、しかも本来であれば鼻が曲がりそうな臭いが付きものの薬を、香りをつけて使いやすくしたというのであれば、工程にも手間がかかっていて当然だった。

「わたくしが試す理由は、何でしょう？」

　イースティリア様を見上げると、彼は無表情のままこちらの髪に手を伸ばして、軽く撫でる。

「広告だ。私は、このクリームを作った小領主を買っている。そして、上手くやればとんでもない利益を生むだろうと読んでいる。美しさに敏感な女性は多い。特に肌は、自分の意思でどうにかなるものでもない」

「そうですね。ですが、わたくしでその役割が果たせますか？」

「十分に。君は無自覚だが、とても美しいからな」

「そうなのですか？」

まさか褒めてもらえるとは思っていなかったアレリラは、少し驚いた。

「元が良いのはよく知っている。侯爵家に来て、専属の侍女に手入れをされた髪はさらに艶やかになってきている。磨かれた肌も、きめが細かい。その上でこのクリームが肌に合えば、おそらくは少女のように輝くだろう」

全て淡々と口にしているが、目の奥に宿る光はどことなく愛おしげで、身の置き所がない気持ちになる。


――勘違いしてはいけません。


イースティリア様はご自身の目で見た事実を述べているだけで、その想いはミッフィーユ様にあるのだから。

「一度試してみてくれ。知り合いの少女にも同様に試してもらう予定だが、もし販売するのであれば、高位貴族との窓口は君になる。これが成功すれば小領主に男爵位を与えるよう働きかけるが、まだ平民だ」

「畏まりました」

知り合いの少女、というのは、おそらくミッフィーユ様のことだろう。

そちらが本命で、窓口になるアレリラにも試して欲しい、ということだ。

少し残念なような気持ちを感じつつも、心が落ち着いた。

イースティリア様は、そんなアレリラに対してどこか満足げに頷くと、頬から手を離して、さらりと仰った。

「これは私事だが、君が少しでも喜んでくれれば嬉しいという気持ちもある」

「え？」

再び、心臓が跳ねた。

しかし、アレリラが思わず聞き返そうとした時には、イースティリア様は自室に向かって歩いていってしまわれていた。

最近、結婚式の準備と公務に追われているので、今から領地の仕事でも確認なさるのだろう。

――少々、お疲れかもしれませんね。

であれば、と、アレリラは使用人に、体の疲れが取れるハーブティーを差し入れするように申し付けた。

そして、アレリラはクリームを侍女に預けて、言われた通りに使用するよう頼んでおく。

『喜んでくれれば嬉しい』という言葉の意味は、深く考えないようにした。

アレリラはあくまでも、お飾りの妻になる予定なのだから。

ウェグムンド邸での生活に馴染もうと、アレリラは幾つかの努力をしていた。

その中の一つをこなすため、眠る前に書類を読み返していると、珍しくイースティリア様が訪ねてきた。

ショールを羽織って出迎えると、イースティリア様がそっとアレリラの頬に手を触れる。

一緒に暮らし始めてからの、このスキンシップにどうにも慣れない。

何でか、心がそわそわとしてしまい、恥ずかしい。

今まで家族以外の男性に触れられなかったということもあるけれど、手を握るだけでなく顔にまで触れられるような距離まで近づいたことはなかった。

アレリラは、ダンス教師と婚約破棄された伯爵令息以外とは、ダンスをしたことすらない。

今時堅いと言われたのだが、婚約者がいるのにどうしても他の殿方と踊る気にならず、随伴夫人や伯爵令息と共に夜会に参加しても、最初のダンスをして残りは壁の花と化していたからだ。

しかしそんな恥ずかしいと思う気持ちを、アレリラは悟られたくなかった。

イースティリア様にとってはお飾りの妻であっても、実務能力に関しては期待されているはず。

彼の妻に相応しい振る舞いが出来ることを、証明しなければならない。

尊敬するこの方に、失望されるわけにはいかないのだ。

「どうなさいましたか？」

努めて平静を装って問いかけるアレリラに、イースティリア様はどことなくおかしげにわずかに目を細めてから、質問に答える。

「昨日はハーブティーをありがとう。それと、今日は遅くなり、夕餉を共に出来なかったのでな」

イースティリア様は、アレリラが屋敷に引っ越して以降も、決して妻となる自分を粗雑に扱うことはなかった。

朝と夕は必ず食事を共にし、公務の間にある軽食やお茶の時間もなるべく一緒にいるように計らってくれる。

公務中に関しては、彼に仕えている頃から仕事の打ち合わせをしながら食事を摂っていたため、今までと変わらなくはあるのだけれど。

休憩中は仕事の話が減り、雑談の時間が増えた。

行き帰りの馬車の中でも、屋敷でも着替えや入浴など以外は一緒にいるので、仕事の話をする時間が減ったのではなく、単純に一緒にいる時間が増えたからだ。

今日は、イースティリア様が宰相として男性のみの会食に参加される都合上、業務後に別れてアレリラ一人でお屋敷に戻っていたのだ。

「眠る前に、君の顔が見たくなった」

イースティリア様の言葉に、心がざわざわと落ち着かなくなる。


――好ましい、と、思っていただけるのは、良いことです。

アレリラは、自分に落ち着くように言い聞かせた。

お飾りであっても、仲が良好であるに越したことはなく、イースティリア様はアレリラとの子を望まれてもいる。

ならば、妻としてそうした行為も当然、することになるのだから。

愛するミッフィーユ様ほどではなくとも、親愛の情を覚えてくれているのだろう。

顔が見たい、という言葉はそういう意味なのだと言い聞かせて。

「基本的に、公務中もずっとお側におりますが。見飽きませんか」

自分でも、可愛げがないなと思うような返事をしてしまったアレリラに、イースティリア様はほんの微かな笑みを見せて。

「飽きないな。君の顔立ちは好ましいものだ。肌の輝きも増しているようで何よりだ。よく眠れているか？」

「睡眠時間は体調管理に重要ですので、きちんと確保させていただいております。肌は、以前いただいた美肌クリームを欠かさず使用しております。肌に合いましたので、イースティリア様の仰った通り、改善されているかと」

「そうか」

イースティリア様は、ふとアレリラの眺めていた書類に目を落とした。

「それは？」

「屋敷の使用人に関する書類でございます。それぞれにご紹介いただきましたが、まだ顔を見ても名前と役割が即座に思い出せない方がいらっしゃいますので」

「君ならば、遅くとも半月ほどで一致すると思うが」

そこまで根を詰める必要があるのかと言外に問われて、アレリラはいつもの調子を取り戻したやり取りに安心しつつ、きちんと答える。

「家政は妻の仕事にございます。誰がどれほどの働きをし、それに見合うだけの報酬を出せているのか、勤務体系やそれぞれに合わせた体調の管理は行えているか。そうしたことに目を光らせるためには、やはり勤めていただいている方の顔と名前くらいは早急に一致させるべきかと」

「出している給金までも思い出せるような詰め込み方は『顔と名前くらい』ではないと思うが」

いただいた資料と目にした事柄を、個人ごとに独自に纏めた一枚を取り上げると、イースティリア様はそれを一瞥して満足そうに頷いた。

「相変わらず、見やすく分かりやすい資料だ。記録として不足もない」

「ありがとうございます」

一応の及第点をいただいて、アレリラは小さく頭を下げる。

しかし、不足がないという言い方をする場合、イースティリア様はそこに改善の余地があるとお思いになっているはずだ。

「どのような点を、加えさせていただけばよろしいでしょう？」

「君の資料は、表面的な記録に限れば完璧なものだ。ゆえに領地のデータや金銭管理などは殊の外優れている。が、人は記録だけで測れるものではない。私がもしこうした書類を作成するならば」

イースティリア様は、取り上げた資料をこちらに向けた。

それは、この屋敷に勤める執事長の記録を纏めたもの。

「日記をつける」

「日記……ですか」

「そうだ。例えばこの執事長は私が学生の頃から勤めてくれている人物だ。オルムロという名で、規定よりもさらにきちんと横に髪を撫で付けるのが好きだな。頭の脇に一筋入っている白髪が気に入っているらしい。そして甘いものには目がなく、休みの日には自分で買い求めている」

「意外ですね」

流石に執事長の顔は既に覚えている。

護衛と言われてもしっくり来るような大柄な中年男性で、太ったり体が緩んだりしている様子は見受けられない。

「私が誰かと面会する際、控えた状態で、失礼にならない程度にジッとテーブルの新しい菓子を品定めする様子がある。そうして気に入った茶菓子があると、改めてどこのものかを調べる。他にも、彼には欠かせない毎日のルーティーンが早朝にある」

「どのようなものでしょう?」

「庭で雀に餌をやることだ。雨の日などは餌やりが出来ず少し元気がない」

「……どう言えばいいのか、お可愛らしいですね」

「そうだろう。また、滅多に声は荒らげない。根気強く諭すような言い方で、間違ったことは基本的には言わないが、同じ間違いを二度三度と繰り返すことには少々厳しい」

罰もきちんと言い渡し、軽いものであれば一定範囲の草むしりを命じたり、重いものだと、住み込みなら休息日に街へ出かけることを禁じたりもするそうだ。

褒賞を自ら与えることはないが、良い働きをするとそっと、イースティリア様の耳に入れて褒めていただけるようお願いもするらしい。

「真面目で穏やかで、お可愛らしい方なのですね」

「そう。という情報を得て顔を見れば、次から思い出せないということはないだろう」

「ええ」

晴れた朝に彼の顔を見て、今日はご機嫌かな、などと考えてしまいそうだ。

「だから、日記だ。一言、見かけた誰かが何をしていたのか、どういう人物なのか書き添える。そうしたことを観察して覚えておくと、ただの記録と名前を見るよりも顔を一致させやすく、相手が何を求めているかを考える基準にもなる」

「分かりました」

「邪魔をしてすまなかったな」

「いいえ。勉強になりました。ありがとうございます」

アレリラが、イースティリア様に、今度はもう少し深く頭を下げると。

「何かを教えた時、納得すれば素直に感謝を示せるのが君の良いところだ」

そう言い置いて、彼は部屋から出ていった。

アレリラが褒められて嬉しかったのは、言うまでもない。

* * *

ウェグムンド侯爵家に勤める執事長オルムロは、イースティリア様がお連れになった奥方に、内心興味津々だった。

勿論、侯爵家の執事として無礼になるような態度は表に出さず、臣下の仮面を被(かぶ)ってはいるが。


――坊っちゃまのお選びになった方ですからね。


何せ、あのイースティリア坊っちゃまである。

『私自身が必要とする女性以外を、妻に迎えるつもりはない』と明言し。

本来であれば奥方を迎えなければ継げないはずの侯爵位を、宰相位まで実力でもぎ取ることで継承を認めさせた、あの方が認めた奥方なのだ。

最初にお迎えした時の印象は、イースティリア様に似ているな、だった。

あまり変わらない表情や、隙のなさそうな雰囲気などが。

外見的には、古風な印象の女性だ。

身に纏うドレスは地味だが、飾り気のない黒い直毛の髪は元から十分に艶やかで、白く抜けるような肌にはシミ一つない。

身長は女性にしては高めで、姿勢も相まってスタイルがいい。

華のある顔立ち、というわけではないが、涼しげな印象の整った顔立ち。

イースティリア様の横に立っても遜色ない女性で、なるほど、と頷いたものだった。

仕事に行く時は常にピンで留めた一つ結びだが、どうやらそもそも、髪を下ろすこと自体があまり好きではないご様子。

屋敷でお寛(くつろ)ぎの際も、くるりと纏めてバレッタで留めていることが多い。

ご年齢としては、女性に対して少々失礼な話ではあるが、結婚するには歳が行きすぎている。

26歳は、一般的な貴族女性であれば、既に二、三人、お子様がおられてもおかしくなく、後添えでもなく初婚となればさらに少数だろう。

高位貴族に限れば、前代未聞と言っても過言ではない。

しかし、イースティリア様ご自身が秘書官として見出しただけあって、非常に優秀だった。

ある日、居間にて何かの書類をめくっておられた彼女は、通りかかったオルムロを呼び止めた。

座っている時も、きちんと足を片側に倒して揃え、背筋を伸ばして浅く腰掛ける、というお手本のような貞淑さ。

ウェグムンド邸の趣味の良い調度品と相まって、一枚の絵画のようにも感じられるが、彼女は生きた人間である。

「オルムロ様」

「様、は必要ございません」

顔を上げてこちらを見た彼女に、オルムロは柔らかな笑みと声音で答えた。

すると彼女は、頭こそ下げなかったが謝罪を口にする。

「失礼いたしました。では、執事長」

「はい、何でしょう奥方様」

「まだ正式に奥方となったわけではございません」

「失礼いたしました。アレリラ様」

年上の男性を呼び捨てにすることに慣れていないのか、妥協して呼び方を変化させたアレリラ様は、即座にやり返してきた。

軽妙なテンポでこうしたやり取りを行えるのは、オルムロとしては悪くない。

内心笑みを浮かべていると、アレリラ様はきゅ、と口の端を上げられた。

淑女の微笑み、と呼ばれる表情で、オルムロは彼女の無表情かその表情しか見たことがない。

しかし涼しげな美人であるアレリラ様が浮かべられる笑みは、本当に表情を読ませず顔が鉄で出来ているのかと思われるほどに動かないが、だからといって人形のようかと言われるとそうでもない、素晴らしいものだ。

イースティリア様が仰るには、慣れると無に見える表情の中にも、戸惑いの浮かんだ顔、少し照れた顔、嬉しそうな顔など、意外とバリエーション豊かに可愛らしさを感じられるそうなのだが。

あいにく、知り合ったばかりのオルムロにはそこまで細かい見分けはつかない。

イースティリア様の表情は読み取れるので、おそらく本当に『慣れ』の問題なのだろう。

そんなことを考える間に、アレリラ様は呼び止めた本題に入られた。

「庭園整備と遊興費、服飾品の予算を、もう少し増やすことは可能でしょうか」

「と、仰いますと？」

「既に社交界で十分な影響力を持っておられる前侯爵夫人と違い、子爵家出身であるわたくしには基盤がございません」

アレリラ様の言葉に、静かに目で先を促す。

下位貴族出身とは思えない所作のせいで忘れがちだが、確かに彼女は後ろ盾が弱い。

「であれば、好意的な派閥の方をお招きし、茶席を共にする機会が増えるかと思われます。ごく親しい方とのものであれば、ドレスの使い回しや定められた庭園でもお許しいただけるでしょう。しかし今後しばらくは、そうではございません」

「なるほど」

オルムロは、自分から何かを発信することは基本的にはしない。

主人の考えを誘導する、というのは、上が無能な時には有効な手段だが、そうでない場合は邪魔なだけだ。

そしてオルムロは、無能を上として敬うつもりがない。

「また同様に、遊興費については、よそのお茶会にも招かれれば積極的に参加する予定なので、手土産を準備する機会が増えるだろうと予測してのことです。申し訳ありませんが、これもしばらくは通り一遍のものではなく、お相手が好まれる物の中で少々高価なものをお渡しする予定です」

アレリラ様は、テーブルに置いた書類を数枚取り上げて、オルムロに手渡した。

「こちらが、現在考えているお茶会の相手とする予定の方々と、それぞれに合わせた土産の一覧表となります」

「拝見いたします」

どうやらご本人手書きのようで、見やすく纏められた貴族名の一覧と、ご婦人の出身地、その地域の風土や嗜好に合わせた土産の内容、そして帝都でも高価で喜ばれる品目が並んでいる。


――素晴らしいですな。


オルムロが見る限り、よく練られていた。

「わたくしがこの書類に関して確認したいのは、三点。

その表を見て、何か気になることがあれば指摘していただきたいこと。

個々のご婦人方へ提供する好ましい話題をご存知でしたら、可能な限り伝えていただきたいこと。

その上で、この品目に合わせた予算の引き上げが可能かどうかを教えていただきたいこと。

以上です」

さらにアレリラ様は、もう一枚書類を手渡してくる。

「続きまして、庭園整備については、季節に合わせて庭師の方と相談します。ですが、現在の予算がこれなので、おそらく年に四回、多少の変更が可能な程度でしょう。より細かく調整し、大きく変えて目を楽しませることを追求する際に、予算がどの程度上乗せで下りるのか。これもご回答いただければと思います」

そして、もう一枚。

「最後に、服飾費です。こちらに関しては、申し訳ないのですが前侯爵夫人とどの程度配分が変わるかによりますので、変更幅が読めていません。相談の上で、どちらかが出席となれば仕立て費用は折半可能ですが、同時に出席することが多くなると単純計算、二倍かかることになります」

前侯爵夫人は小柄で、体形も違うので、お下がりを仕立て直すにも限度がある、とアレリラ様は言う。

「これらを私にお尋ねになる意図は？」

「現在、家政全体の予算を把握しておられるのは、執事長と伺っております」

「アレリラ様のお立場であれば、全ての帳簿をお見せすることも可能でございますが……」

暗に、自分で全てを把握して調整してみてはいかがか、とオルムロは問いかけた。

するとアレリラ様は、笑みのままジッとこちらを見つめる。

それは責めるような目の色ではなく。

「わたくしは、引き継ぎもなく他者の仕事を荒らすつもりはございません。特に執事長に関しては、前侯爵夫人もイースティリア様も頼りにされていると伺っております」

――満点の女主人ですね。


オルムロがおもむろに笑みを深めると、アレリラ様が何度か瞬きした。

目が、普段よりもやや大きく開いている。

キョトンしている、といった様子で、なるほど、これが可愛らしい表情の変化か、とオルムロは納得する。

「わたくしは、何か執事長を楽しませることを申し上げましたか？」

アレリラ様は、こちらの些少（さしょう）な表情の変化もよく見ているのだと、さらにオルムロの評価は高くなる。

使用人を下に見て存在しないものと扱う貴族も多い中で、礼儀までをも払ってくれるなど、とんでもなく公平な人物であると言わざるを得ない。

「失礼をいたしました。ええ、そうですね。予算の問題といたしましては、予備費からある程度の補填は可能かと思われます。ですが、服飾費と庭園整備の予算はやり方次第かと存じます」

「というと？」

「準備設営費の問題が抜けております。お茶会と夜会の規模にもよりますが、使用人は職務の範囲を厳格に定めております故、それ以外の手間には当然、手間賃を支給しております。テーブルを運び、クロスを綺麗に張り、食器を磨く。そうした手間が多くなるほど、設営費は増すのです」

「なるほど。勉強になります」

アレリラ様は、こちらの言葉に真剣に、そして熱心に頷いた。

非常に好感の持てる生徒だ。

幅の大きい服飾費、手を掛けたいが金額も大きい庭園整備費、使用人への給金と手間賃、手土産とその取り寄せや輸送などにかかる費用、夜会であれば食事の準備等。

そうした家政は、基本的に領民からの税や通行税、関税、そしてウェグムンド侯爵家で行っている事業の利益などで賄われている。総収入から、領地の整備や屋敷そのものの整備、住み込みの者や自身の日々の食事などにかかる定額費用を差し引いた上で、貯蓄と家政を行うのだ。

「使用人の人数を使える者に厳選して、手間賃を抑えるやり方もありますが」

「人に対して支払う金銭を通常以下に抑えるつもりはありません。人件費は一番重く掛かりますが、育てるのに一番時間が掛かるのも人間ですから」

淡々と告げられた言葉は、しかし温かく、ものの道理を理解した言葉だった。

オルムロは、今日のこのやり取りだけでアレリラ様が気に入った。


――坊っちゃまが欲しがるわけですな。


素直で賢く、分を弁(わきま)えている。

その上で高い目標を持つという向上心と、問題解決に向けて努力する才能と、人をよく見定めて労いをかける慈悲を、持ち合わせている。

「では、僭越ながら幾つかのご提案をさせていただきます」

「お願いいたします」

オルムロは、彼女に対して、問題解決の糸口をお伝えした。

「侯爵家の庭園は広く、東屋やベンチを含めて、いくつかのスポットがございます。また、雨天時に使用する温室などもございまして、大きく変更出来ない場合でも、最初に入念に庭師と相談し、どの角度からでも見栄え良く作られることによって、同じ庭で複数回、楽しんでいただくことが可能です」

「なるほど……」

アレリラは、感心したように小さく何度も頷いた。

これによって、庭の整備費用は彼女の想定よりも格段に下がるだろう。

「続きまして服飾費の問題ですが、これに関してはアレリラ様の手腕次第という部分がございます。イースティリア様は公爵家、ひいては王室と大変懇意になさっておいでです。お茶会の誘いが、そちらから来ることもございます。

公爵家の次女である第二王子妃殿下は、おそらくアレリラ様とそうお変わりない身長です。そうした際に、ドレスの下賜を受ければ、一枚で数回使い回しをしても友好のアピールとなり、侮られることはございません。

また、仕立てたドレスに関しては、下取りと合わせて次を仕立てることで、価格を抑えるということも可能でございます。

宝石類に関しましても、そうですね、お似合いになるドレスについては同系統の色みを増やしておけば、装飾品を毎回ドレスに合わせて無理に増やさずとも使い回しがしやすいでしょう。これに関しては体形が関係ないので、大奥様がお持ちのものの中で、お似合いになるものをつける、石だけ貰い受けてアクセサリーのデザインを最新のものに変える、などの方法がございます」

これらは、上流社会ではごく一般的な知識となる。

そうそうドレスなど仕立て直せない下位貴族や、ある程度妥協を認められた伯爵家などと違い、侯爵家や公爵家ともなれば、一度のお茶会で非常に高価なドレスを使い捨てる……と言っても、お茶会に参加する顔ぶれを変えることで二、三回は誤魔化せるが……などということが、普通にまかり通っているのだ。

どの家も基本的には裕福で広大な土地を与えられて、幾つかの事業を興しているとはいえ、あまりに派手にやりすぎれば、子が増えただけで破産してしまう。

ウェグムンド侯爵家については、イースティリア様の手腕や宰相という立場に対して入ってくる報酬もあって、予算としてはとんでもない額を得ていたりするのだが。

『あるから使うなら、多くの人々に還元せねばならん。湯水の如く使うにしても、使い道は多岐にわたらせろ』

というのが、我らが侯爵様の真っ当すぎる方針なので、家政に関しても最低限の予算を組んだところから、どうしても足りない場合に吟味して予備費から費用を加えているのだ。

それを知っているわけでもないだろうに、予算を自分で調べて提言してきた辺り、アレリラ様は目端がきく女性だ。

　しかし当の本人は。

「やはり、イースティリア様は凄い方ですね」

と、どこか嬉しそうに、自分の伴侶となる男性の、金の使い方に関する考えを褒めていた。

　そんなアレリラ様に、オルムロも同意してから、話を続ける。

「最後に、お土産や遊興費のことですが……これに関しては、しばらくすれば、イースティリア様の投資している事業が侯爵家の要となるでしょう。こちらを特に懇意にしたい方の手土産にすれば、むしろ高位の方ほど価格が抑えられると思いますよ」

「……美肌クリーム、ですか？」

「ご名答です」

　オルムロは、静かに頷いた。

　イースティリア様がこれを作った小領主を買っているのは本当だが、これの開発支援嘆願書に目をつけたのは、おそらくアレリラ様を娶ることを見越してだろう、と読んでいる。

　女性受けがよく、希少な品。

　社交界にアレリラ様の存在感を植え付けるには、うってつけの品なのだから。

「そこまで……イースティリア様は考えてくださっているのですね」

　オルムロはこれに関して口に出さなかったが、どうやら自分で考えて同じ結論に達したらしいアレリラ様は、胸元にそっと両手を添えて、顔を俯(うつむ)ける。

まるで少女のように可憐な様子に、オルムロも一瞬目を奪われ、そんな自分に驚愕した。

それらを全て腹の底に呑み込んでから、アレリラ様に告げる。

「個々のご婦人方に関する話題につきましては、侍女長の方が詳しいでしょう。私からの提案は以上になりますが、もう一つだけ、忠告がございます」

「何でしょう?」

アレリラ様が顔を上げるのに合わせて、オルムロは恭しく頭を下げた。

「私ども使用人を丁重に扱っていただくのは誠にありがたいことですが、礼を述べること以外に敬意を示すことは、爵位が低い出であることを侮られる要因ともなります。お気をつけくださいませ」

アレリラ様は、ここに来てからずっと、自分を含め全ての使用人に対して敬語を使い、頭を下げ、礼を述べている。

大切にしてくれるのは、口にした通りありがたい。

しかし主人が、従者に遠慮していてはいけないのだ。

「これからも、なんなりとお申し付けください。出来ることなら、それが女主人として、であると、喜ばしいことにございます」

頭を上げると、アレリラ様は正確に言葉の意味を読み取ってくださったようで。

口元に、両手を当てていた。

表情は変わっていないが、目元に涙が浮かんでいるように見えるのは、気のせいだろうか。

オルムロは、アレリラ様を女主人として認める、と、今ハッキリと口にしたのだ。

「……ありがとうございます、執事長」

礼を述べたアレリラ様は、口元から手を離すと、そっと膝に重ねて、小さく首を傾げる。

そして、スッと微笑みを消して無表情に戻ると（おそらくそれが素なのだろうが）きっぱりと言った。

「ですが、自分に出来ないことをする他者に敬意を払うのは、人として当然のことです。そこを改めるつもりは、わたくしにはございません」


――信念も強いようで、何よりですね。


本当に、イースティリア様のように素直で率直で頭が回り、その上で女性らしい柔らかさと繊細さ、気配りを持ち合わせている。

あっという間にこの屋敷を掌握し、取り回しそうな女主人に。

「差し出がましいことを申し上げました。お許しください」

と、オルムロはまた、深々と頭を下げたのだった。

侯爵邸での生活にも慣れた頃。

婚約後、初めて二人で夜会に出席することになった。

それまでも何度か、秘書官として同行することはあったけれど、婚約者として出るのは少々落ち着かない。

業務の関係で婚約式後のお披露目はなかった。

親しい人を招いての正式な披露宴は、婚姻後にイースティリア様の主導で行うとのこと。

代わりに、前侯爵の弟に当たる伯爵様のお屋敷で、婚約後初の夜会への参加が決まったのだ。

エスコートしてもらっての入場を待つ間に、アレリラはイースティリア様に話しかける。

「イースティリア様に、お伝えしておきたいことがございます」

「聞こう」

「わたくしは、夜会での評判がさほどよろしくありません。口さがない話に気分を害されてしまうこともあるかと思います」

「留意しよう」

その返答からすると、以前の婚約破棄騒ぎについて、彼はご存知ではないのかもしれない。

——元々、噂などに興味がおありの方ではありませんが。

入場して主催者への挨拶を終えると、一度、ダンスをする。

注目を浴びつつも、いつも通りお互いに表情も変えずに踊り切った後、イースティリア様は参加者の方々と仕事の話に入った。

元々秘書官であり、それらの話を熟知しているアレリラは側を離れるよう言われはしなかったが、彼はふと気づいたようにこちらを見る。

「何か？」

「しばらく休憩すると良い。今は公務の時間ではない」

「特に問題はありませんが」

「食事くらいは摂ることだ。私もある程度終えたらそうする」

「では」

勧められてその場を辞すると、軽食を手にして壁際に赴く。

静かに食事を摂っていると、取り巻きを連れて向こうから歩いてくる女性が見えた。

小柄で胸が大きい、ストロベリーブロンドの少女。

ミッフィーユ・スーリア公爵令嬢だった。

「アレリラ・ダエラール様。この度はイースティリアお兄様とのご婚約、おめでとうございます！」

大きな鳶色（とびいろ）の瞳をキラキラと輝かせて、にこやかに話しかけてくる彼女に、アレリラは戸惑った。

――イースティリア様の想い人のはずなのだけれど。

しかし、きゅ、と鋼鉄の淑女の微笑みの下にその戸惑いを押し込めて、アレリラは挨拶を返す。

「ありがとうございます、ミッフィーユ様。縁あって嫁がせていただくこととなりました」

「イースティリアお兄様から聞いているわ！　とても優秀な方だって！」

「恐縮です」

「それにお美しいわ！　わたくし、ずっとお会いしてみたいと思っていましたの！　凛としていて、その立ち姿に見惚れてしまいましたわ！」

背の高い無愛想な女に対して、ミッフィーユ様はずいぶんと大袈裟に褒めてくださる。

「でも、わたくしがデビューした頃にはおられなくて。一体何故今まで出てこられませんでしたの？」

――もしかして嫌味の類いなのでしょうか？

と、その質問を訝しんだところで、取り巻きが口を挟んだ。

「ミッフィーユ様、アレリラ様は、以前婚約なさっていた方と夜会の場で婚約を解消されておられましたのよぉ～」

「そうですわ。ご傷心で、その後控えておられましたのよ」

「イースティリア様も、他に想い人がいらっしゃると聞いておりましたのに、アレリラ様をお選びになるなんて～」

彼女たちの目にはニヤニヤと愉しむような光が宿っている。


――なるほど、こういうやり方ですか。


本人はあくまでも無邪気に、取り巻きたちが心配する体で馬鹿にしてくる形だ。

そう思っていたが、ミッフィーユ様は目をパチクリさせた。

「まぁ、それは存じ上げなくて申し訳ありませんでしたわ。ですが、お兄様に他に想い人が？　そんなお話は聞いたことがありませんけれど……」

これが演技ならば大したものだと、アレリラは思った。

わざとらしさや白々しさのないミッフィーユ様の態度にいっそ感心しながら、淡々と告げる。

「婚約の申込みに際して、色気のある雰囲気ではなかったのはその通りです」

職務上のやり取りとほぼ変わらない形だったのは事実であり、言外に契約結婚だと匂わせる。

すると、ますます戸惑ったようにミッフィーユ様が眉根を寄せた。

「えっと……どのようなプロポーズだったのか、お伺いしても……？」

「職務中についでのように『婚約を申し込みたい』と言われ、それを受けました。その後、婚約に際して必要な事務手続きを、お互いの間で取り交わしましたわ」

「ええ……？」

ミッフィーユ様が唖然としたところで、イースティリア様がこちらに歩いてくるのが見えた。

「何を話している？」

「お兄様？　一つお聞きしたいことがありますの」

「このような場ではウェグムンド侯爵と呼べと、いつも言っているはずだが」

二人は幼い頃から交流があるとは聞いていたが、ミッフィーユ様だけでなくイースティリア様も、いつも通り無表情ながら気安げな雰囲気だ。

「アレリラ様にプロポーズするのに、色気もロマンもない状況だったとお聞きいたしました」

「事実だな」

「そして今、不穏なことを耳にしたのですけれど。お兄様に、アレリラ様の他に想い人がいると」

彼女の発言に、場の空気が凍る。


――――ミッフィーユ様ご自身と、イースティリア様が恋仲なのでは？

唐突に放り込まれた発言に、イースティリア様が不機嫌そうに、スゥ、と目を細めた。

「誰だ、そんな噂話を口にしているのは？」

「違うのですか？」

イースティリア様とミッフィーユ様の鋭い口調に、アレリラは戸惑う。

そう納得して結婚の申し出を受けたのだけれど。

ちなみに、嫌味のつもりでミッフィーユ様に話を吹き込んでいた取り巻きの少女たちは、一斉に顔を青くしている。

彼女らにしてみても、予想外の発言だったのだろう。

少し同情している間に、イースティリア様とミッフィーユ様のやり取りは進んでいく。

「他の方に想いを寄せているのに女性に婚約を申し込むなど、あるまじき話ですわ、お兄様」

「何故そうなる。私が一度でもその話を肯定したのか？」

「ですが、アレリラ様もそう思っておられるようですけれど？」

「そうなのか？」

何故か衝撃を受けたように、一度細めた目をわずかに見開くイースティリア様。


それは彼にしてみれば、最大限の驚愕に近い表情だ。


アレリラは、平静を装いつつ、質問に答えた。

「婚約を申し込まれた時、『愛する方がいらっしゃるか』という問いかけに、『当然だろう』と返されたので」

「当然だろう」

イースティリア様が、以前の発言を繰り返して。

その後に、理由を口にした。

「何故私が、子爵家のご令嬢に、愛してもいないのに婚約を申し込むのだ？」


その言葉に、場が静まり返る。

取り巻きたちは、驚愕の表情を浮かべていた。

一瞬、頭が真っ白になったアレリラは、正気に戻った後、声が震えないようにしつつ問い返す。

「……政略的に旨味がないからこそ、申し込まれたのかと。一つ申し上げておきますと、その、別の想い人とされていたのはミッフィーユ様です」

「なるほど。誤解の理由はそれか」

イースティリア様は即座に、己の立場と噂になった相手の政争的な立ち位置を理解された。

頷く彼の横で、ミッフィーユ様が頭痛を覚えたような顔でこめかみに手を添える。

「わたくしがお兄様となんて、ありえませんわ……というかお兄様!?　愛する人にそう問われて、何故答えがそれになるのです!?」

「是か、非かで問われたら、是非で返すのが当然だろう」

「違いますわ！　愛する人ご本人に問われたら、目を見て『君だ』と返すのです！」

「そうなのか」

イーステイリア様は、こちらに向き直ると、ジッと目を見つめてきた。

「では、やり直そう。アレリラ、もう一度質問を」

「はい。……イーステイリア様には、愛する方がいらっしゃいますか?」

「君だ」

真顔で、そう返されて。

――本当にそういう意味で、わたくしに婚約を申し込まれた、のですね。

と、アレリラは現実が少しの間、受け入れられなかった。

信じられなかったのだ。

想い人が、自分を想ってくれていたことが。

イーステイリア様は、淡々と言葉を重ねる。

「君は賢く、そして美しい。仕事も丁寧で速く、非の打ち所がない。家格は低いが、私にとってはむしろ好都合だ。だから婚約を申し込んだ」

いつもと変わらない調子でイーステイリア様が口にして、微かに笑みを浮かべる。

その笑みは、いつも屋敷で見せてくれるのと同じ、優しいもので。

「受けてくれて、嬉しく思っている」

　イースティリア様の言葉に、態度に。

　本当に想われていたことを理解したアレリラは、顔が熱くなるのを感じて……鉄のごとき自分の表情が、珍しく緩むままに任せて、笑みを返す。

「――ありがとうございます。わたくしも、とても嬉しいです」

　と。

「ねぇ～、ボンボリーノぉ」

「何だいハニー？」

　しなだれかかる金髪碧眼の、最近胸がデカいだけでなく全体的にふくよかになってきた妻、アーハの問いかけに。

　つい先日ようやく爵位を継いだボンボリーノ・ペフェルティ伯爵は、かつての婚約者を目で追いながら答えた。

　スリムで長身なアレリラは、昔と変わらない完璧な微笑みで、婚約者となった宰相閣下の横に立っている。

背丈も釣り合ってて、めちゃくちゃお似合いだ。


――まぁ、オレとアーハもお似合いだけどな！


と、ボンボリーノは無駄に対抗心を燃やした。

アーハと自分は、お互いにそこそこ顔が良く、今は仲良く太り始めている。

何より、頭が悪いところがソックリでとても気が合うのだ。

そんなアーハが、腕を絡ませながら問いかけてきた。

「あなた、何であの人と別れたのぉ～？」

「えー？　そりゃもちろん、バカだからだよ～！」

ボンボリーノの答えが気に入らなかったのか、アーハがムッとした顔で口を尖らせる。

「そこは、ワタシが好きだから、でしょぉ～？」

「まぁそれは事実だけどさぁ、ハニー。アレリラ嬢と君を比べて君を選ぶオレはバカじゃね～？」

そう言って、アハハ、と笑うと、アーハも笑う。

「確かにぃ～！　そのおかげでワタシは伯爵夫人だけどぉ～！」

「そうだろ～？　誰も不幸になってないからいい感じだよな～！」

ボンボリーノには、自分がバカだという自覚があった。

昔はバカらしく、何も疑問に思うことなくアレリラと婚約者を続けていた。

背を抜かれたらムカついて。

成績で負けるとムカついて。

自分にはよく分からんことを話すアレリラに、ムカついていた。

そしてふと気づいた。


――あれ？　これオレもアイツも幸せにならなくね？


と。

ボンボリーノはアレリラの言ってることがよく分からないし、アレリラも自分のようなバカの相手をするのは疲れるんじゃねーかなって。

それなら。


――やっぱ結婚するのは、一緒にバカ笑い出来るヤツのがいいよな～！

ボンボリーノはそれに気づいたから、アレリラとの婚約を解消してくれないか、と両親に言ったのに。

『アレリラ嬢は、お前のようなバカにはもったいない婚約者だぞ!?』と、何故か怒られた。

——いや、もったいないから別れるんだろ!?　バカじゃね!?

と、ボンボリーノは、両親を自分よりもバカだと思った。

だから、アーハを口説いて浮気して、堂々と婚約破棄を宣言して、絶対破談になるようにした。

親にはしこたま怒られた。

相手の子爵夫妻もめちゃくちゃ怒ってた。


けどまぁ、ヘラヘラして乗り切った。


アーハを口説くのに時間かかったせいで、それをしたのが18歳の時で。

その後に湧いたアレリラの悪い噂だとか、結婚適齢期だとかの問題については、正直、まったく考えていなかった。

考えてなかった辺りが、自分がバカである理由だと思っている。


——まぁ、ゴメンな！

アレリラにそんな風に思いつつ、一生、バカの相手をするよりは良いだろ、と思っていた。

「でもオレが婚約破棄したお陰で、超絶美形有能な宰相閣下とご婚約だぜ～？　感謝されても良いくらいだろ～？」

「そ～かもぉ～！　いやーん、ワタシも宰相閣下に見初められたい～！」

「あっはっは、君じゃムリだよハニー。胸以外の全てがアレリラ嬢より劣ってるよぉ～！」

「あなたなんか、顔含めて全部宰相閣下より劣ってるでしょぉ～!?」

「違いない！」

そんな風にケラケラ二人で笑っていると、アレリラが宰相閣下の側を離れる。

「どーしよっかー。一応、元婚約者としておめでとうくらい言っとく～？」

「さすがにバカにされてると思いそうだから、やめといたらぁ～？」

「それもそっかぁ～」

アハハ、とまた笑ってるうちに、ミッフィーユ・スーリア公爵令嬢がアレリラに近づいていって、それから宰相閣下が近づいていって。


アレリラが顔を赤くして、嬉しそうに笑うのを、見た。

ボンボリーノは唖然とした。

「マジぃ!?　見なよハニー！　アレリラ嬢の超絶レア顔だぜ！　初めて見た！」

「可愛いわねぇ〜！　そりゃ、あなたにあんな可愛い笑顔見せないわよぉ〜！」

「違いない！」

なんとなく。

アレリラのそんな顔を見て良い気分になったボンボリーノは、自分の横で同じようなバカの笑みを浮かべてくれる、アーハの頬を撫でる。

「やっぱオレには君みたいな子がお似合いだよな〜！」

「ワタシもそう思うわよぉ〜！」

「そういえばさ〜、領地を見てくれてる雇われ爺さんがそろそろ引退なんだけど、平民で良さげな人いない？」

「外から賢い人入れたら、ワタシたちを騙して、財産無駄遣いするかもしれないからダメよぉ〜。従兄弟(いとこ)のオッポーくんとかがいいんじゃない〜？」

「えー、アイツ、クソ真面目だし君よりもケチじゃん〜！」

「だから良いんじゃないのぉ〜！」

元々商家で、男爵に成り上がった家で育てられたアーハは、バカで面倒くさがりだけど人を見る目があり、意外とケチなのだ。

金があるとついつい使ってしまうボンボリーノとしては、やっぱりアーハで良かったなーと思う。

アレリラだったら、人に任せず全部自分でやってしまい、結果的に疲れてしまっていただろう。

――――遠回しにバカ扱いされても、オレ、気づけないしな～。


アーハみたいに、真正面からバカだって言われる方が性に合う。

「じゃ、明日オッポーに聞いてみよっか～。そろそろ帰る？　ハニー」

「そぉねぇ～。最後にデザートだけもう一回食べて、帰りましょぉ～！」

「そーしよー！」

もう一回だけ、チラッとアレリラを見たボンボリーノは、そのままアーハとデザートを楽しんで普通に帰った。

次の日には、もう夜会のことは頭の片隅にもなかった。

だって、バカだから。

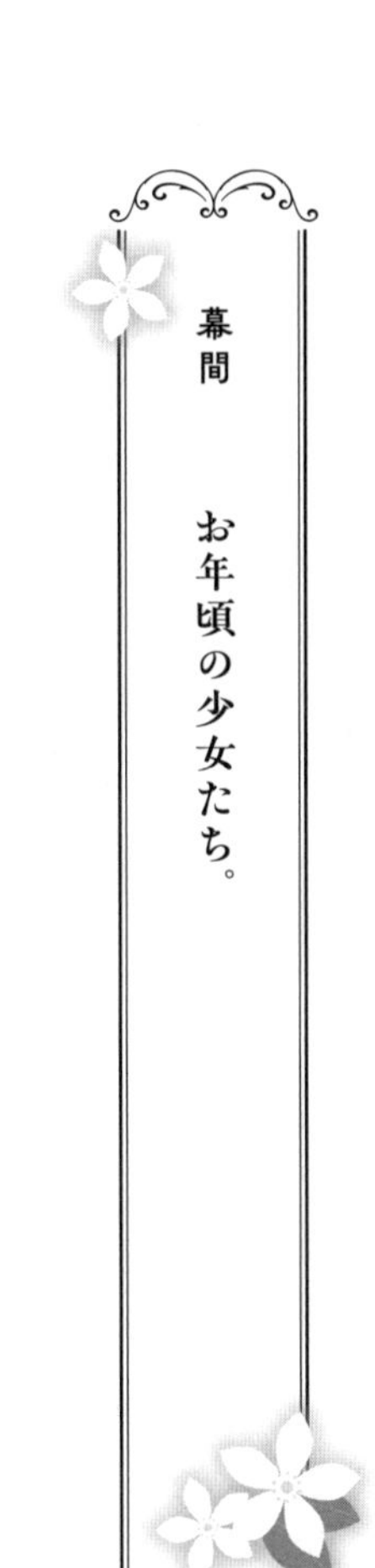

幕間　お年頃の少女たち。

衝撃の夜会から数日後。

の、とある、いつものお茶会。

親しい二人と作戦会議を決行した伯爵令嬢エティッチは、お行儀悪くテーブルにグッタリと突っ伏した。

「はぁ～、やっちゃいましたわねぇ～」

何を隠そう、エティッチたちは。

『夜会でアレリラ様に対してやらかしました三人衆』である。

幼なじみであるカルダナ伯爵令嬢も、遠い目をしてズズーッとお茶を啜る。

「まさかミッフィーユ様が、イースティリア様と恋仲でなかったなんて、予想外でしたわ……」

「お姉様たち、お行儀わるいですわよ～……」

苦言を呈する妹分、クインク子爵令嬢も声にハリがない。

「上手いこと、ミッフィーユ様にやられてしまいましたわねぇ～」


エティッチたち三人は、人の噂話とか陰口とかが大好きだった。


そーゆーのを話したり聞いたりしながら、なるべく事なかれ主義で、金魚のフンのように社交界を泳いでいきたいと常々思っていた。

ミッフィーユ様に、それをキレーに利用されてしまったのである。

長いものには巻かれる。

強い相手には逆らわない。

今まではそーして、適度に嫌味や悪口を楽しみながら、上手いことやってきたのだけれども。

「どーしましょーねぇ。今後、侯爵夫人の派閥が出来ても、入るのは難しそーですわねぇ～」

カルダナの言葉に、他の二人は暗い顔で頷く。


ちなみに三人とも、ハメてくれたミッフィーユ様に対する恨みはない。

従う相手の狙いを読めないのは、手下の立ち位置では落第である。

その程度の機微も分からないようでは、社交の荒波は乗り切れない。

「まだまだ修行が足りませんわねぇ～」

エティッチは、ミッフィーユ様という自由で後ろ盾が強く、しかも権力とかあんまり関係なーい人の側で、のほほんとしたかっただけだった。

しかしこれからの社交や結婚のことを考えると、巻き込んだ二人にちょっと申し訳ない。

「情報の裏取りくらい、きちんとしておくべきでしたわねぇ～」

イースティリア様とミッフィーユ様の噂はあまりにも『公然の秘密』すぎたので、ついうっかり忘れていた。


——嘘だけは、言わないようにしてましたのにぃ～。


まぁアレが嘘である、と知っていた人間の方が少ないだろうけれども。

と、エティッチはため息を吐く。

しかしグチグチ言ってるだけでは仕方ないと思ったのか、カルダナが話を進め始めた。

「でも、アレリラ様がお飾りでないとなると少々困りますわねぇ、エティッチ様。わたくしたち、真正面から喧嘩売りましたわよ……？」

カルダナの言葉は事実だった。

これがお飾りでなくとも、『ミッフィーユ様が、イースティリア様を一方的にお慕いしている』

という構図ならまだマシ。

お家同士の仲が良くとも、アレリラ様とミッフィーユ様に限っては対立するという、エティッチたち的には美味しい……せいぜい恋愛沙汰程度のゴシップを、特等席で楽しめる位置にいられたから。

でも、それも。

「このままだと、ミッフィーユ様はアレリラ様と仲良しさんになりそうですわねぇ、お姉様たち」

「そぉなのよねぇ～……！」

となると、だ。

ミッフィーユ様にくっついて、勝手にアレリラ様に文句を言った三人娘……ということになり。

社交界での立ち位置が非常～にピーンチ！　なのである。

「対立派閥に入りますかぁ～？　お姉様たち」

「無駄でしょうねぇ～。ウェグムンド侯爵家の家名だけでなく、イースティリア様ご自身が、陛下と殿下の信任が厚いんですもの。ミッフィーユ様は公爵家で猫可愛がりされてますし、あそこと対抗できる派閥なんて今後存在しませんわよ～」

少なくとも後、十数年は無理である。

それでなくとも、対立派は先日不祥事を起こしてしまって勢いがない上に、事件の内容的にも、あまり近づきたくない。

さらに、アレリラ様の夫……宰相閣下に対する王室の信任が厚い、ということは。

女性社交界の筆頭である帝妃陛下が、アレリラ様を派閥に取り込む可能性が高い、ということ。

「マジ終わってますわぁ～……」

ちょっとさえずって、ミッフィーユ様とアレリラ様の嫌味の言い合いを楽しもうとした罪、に対して。

主要派閥からの爪弾き（つまはじき）は、罰が重すぎないだろうか。

失敗によって社交界で肩身が狭くなるのはよくあることなので、婚約者もいない自分たちの結婚相手の格が下がる……のは、まだ良いとして。

これが原因で、自分たちのせいでお父様たちの立場が悪くなったら、それこそ大問題である。


「よし……これからも、ミッフィーユ様に媚（こ）びましょう！」


エティッチは、そう決めた。

「多分、ミッフィーユ様も、わたくしたちに『もう少し大人しくしなさい』って意味合いでご利用になったんでしょうし、しばらく大人しくして下手に出れば、お許しいただけるでしょう！」

「小物ですわ……小物の振る舞いですわ……！　でも賛成ですわ！」

「カルダナお姉様、今さらですわよ～。わたくしも、もちろん賛成ですわ～」

エティッチたちは、別にアレリラ様やミッフィーユ様が嫌いなわけでもなければ、相手を貶（おとし）めて優位に立ちたいなんてプライドも持ち合わせていない。

人の噂話とか陰口とかが、大好きなだけである。

でも、それが社交界のパワーバランスが崩れる原因になるような、大それた立場には決してなりたくないのだ。

「そうと決まれば、ミッフィーユ様が参加なさりそうなお茶会をリサーチですわよぉ〜！」

元気を取り戻したエティッチは、いつも通りに二人と仲良く、人の噂話に花を咲かせるのだった。

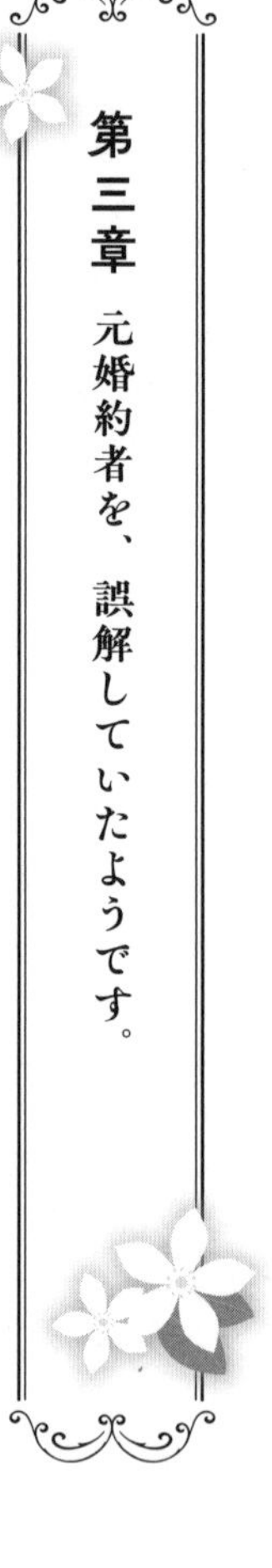

第三章　元婚約者を、誤解していたようです。

アレリラ・ダエラールは、昔から自分のことを、堅苦しく杓子定規（しゃくしじょうぎ）な人間だと思っている。

勤勉で真面目と言われるが、同世代の人たちとは基本的に話が合わない。

特に、10歳で婚約者になったボンボリーノとは全くと言って良いほど噛み合わず、いつも意見が割れていた。

それは、貴族学校に入学してから顕著になり、月に一度の婚約者同士のお茶会には律儀に来ていたけれど、結局会話は弾まなかった。


ある日は、こう。


「学校の仲良い連中とさ～、夏休みに遊びに行く予定なんだけど、アレリラ嬢も来る～？　泊まりがけでうちの領地でさ～」

「申し訳ありません、ボンボリーノ様。夏季休暇中は、家庭教師（ガヴァネス）のレッスン、領地への祝祭に合わせての帰郷、課題の研究レポート、領地経営の勉強と予定が詰まっております」

「隣の領じゃん～？　一日二日くらいなんとかなるでしょ～？」

「殿方も多くおいでになるでしょう？　泊まりがけとなれば、貴族令嬢として、不埒な噂を気にせねばならない年齢にございます。貞淑を疑われるような行動は控えるのが賢明かと」

「お前の言ってること、全然よく分かんねーなー。しなきゃ良くない？」

ボンボリーノは、アレリラの発言に対して、キョトンとしていた。

そう、不貞行為などしなければ良い。

事実ではあるが、人の噂とはそうしたものではなく、誤解を招くような行動をすれば疑われても仕方がない、というのがアレリラの主張だ。

ボンボリーノに丁寧にそう説いたが、結局彼は納得しなかった。

「人の目気にしてるより、楽しいことした方が人生楽しくない？　勉強ばっかしててもつまんないでしょ～？」

言葉通り、貴族学校の成績はボンボリーノはCクラスの下の方、勉強ばかりしているアレリラはAクラス所属で首席だった。

「勉強をすることは、将来に役立ちますし、つまらないことでもありません。ボンボリーノ様をお支えするのに、大変重要かと存じます」

「え～。一緒に旅行して人と仲良くすることも、大事じゃないかな～？」

「どのような意味か分かりかねます」

領地を経営する上で必要な付き合いなら、勉強会でも開けばいい。

何故そのために旅行が必要なのかは、アレリラには分からない。

個人的には不利益の方が多そうに感じた。

そうして、ボンボリーノとは意見が合わないまま、結局旅行は辞退した。


また、帰郷を終えて、数日後には、こう。


一ヶ月に一度のお茶会の日に、ボンボリーノは旅行土産を持参して、その話を振ってきた。

「旅行でさー、マイルミーズ湖を見てきたんだよ〜」

「ペフェルティ領の飲み水を賄う、貴重な水源ですね。最近新たな水路を引く工事が行われていると耳にしております」

「え、そうなの？」

「自領のことなのに、ご存じないのですか？」

アレリラが首を傾げると、ボンボリーノはヘラヘラ笑いながらも、なぜか少し拗(す)ねたように眉をひそめた。

「知らないな〜。父上から聞いたような気もするけど、忘れた！」

「それでは、領主として立った時に困るのでは？」

「誰か知ってる奴に、良いようにしてってお願いすればいいじゃーん」

「それが正しいことかどうかを判断するのが、ボンボリーノ様の役目かと存じます」

「そっかー。そうなのかなー？　よく分かんないけど」

「ボンボリーノ様がお分かりにならないのでしたら、わたくしが勉強していることは間違いではないかと」

　彼が出来ないことを請け負うのが、自分の役割なので。

　アレリラが注がれた紅茶に口をつけると、ボンボリーノはヘラヘラと笑いながら、困ったように告げた。

「オレはさー、あの湖めっちゃ綺麗だったよ〜って、言いたかっただけなんだけどね〜」

「そうですか。それは申し訳ございません」

「あはは、別に良いんだけどさー」

　ボンボリーノは、怒らない人だった。

　時折爵位の低い相手に無礼な態度を取られても、全く気にしないような人だから、その旅行が、結局噂になっても気にしなかったのだろう。

　貴族学校では彼の友人は多い。

　いつ見ても人に囲まれていて、そしてクラスが違うこともあって、あまりアレリラと交流することはなかった。

　暇さえあれば図書館に行っていたアレリラに、気まぐれに近づいてくることはあったけれど。

　そういう時も、やり取りはいつもと変わらなかった。

「何読んでるの～？」

「隣国の貴族年鑑や風土記を見て、気になった領や人物の功績について調べています」

「へー。それって何で？　宿題？」

「いいえ。他国ではどのような作物が作られているのか、あるいはどういう形で領地運営の資金を得ているかが気になるのです」

「……それ、面白いのー？」

「多少なりとは。もしダエラール領やペフェルティ領に益をもたらす何かが得られれば、それは力となりますし、他国のことや自国のことを知っておくことは決して将来、無駄にはなりません」

「よく分かんないなー。それより、今、皆と楽しめそうなボードゲームとか、服の流行りとか知る方が楽しくないー？」

「あまり興味はありません。社交に必要な範囲での知識は得ますが、優先順位はわたくしの中では低いですね」

「そっかー。アレリラ嬢は、恋愛小説とか冒険小説は読まないのー？　オレ、あーゆーのは楽しいと思うんだよねー」

「わたくしには、なんとも。それが史実であれば歴史として勉強いたしますが、一度読んで楽しいとは思えなかったので」

そもそも既に、婚約者はボンボリーノに決まっていて、将来嫁ぐのはペフェルティ領である。

のものだ。

他の殿方と恋愛沙汰など起こせば、むしろ不仲の原因にもなるし、冒険小説のような人生は無縁

「アハハ、趣味、合わないねー」

「なぜ合わせる必要が？」

「まぁ、ないけどさー」

やはりヘラヘラと笑いながら、ボンボリーノはたまに来て、何がしたいのか分からないまま帰っていく。

きっとあの頃には、もう、ボンボリーノはアレリラと離れることを考えていたのだろう。

そうして、卒業の時。

彼は右腕に、金髪の少女をぶら下げていた。

アーハ、という名の、胸の大きくて明るい顔立ちの女性を。

「アレリラ嬢、オレ、バカだしお前と話すのあんま楽しくないんだ〜。それに背もオレと釣り合わないし、オレは黒髪より金髪が好きだし。なんかオレにはもったいない気がする。だからアーハを嫁にするから、ごめんな！」

ちょっと申し訳なさそうな顔をしたボンボリーノは宣言して、横の少女に満面の笑みを向ける。

彼女も申し訳なさそうに眉をハの字に曲げた後、彼を見て、貴族令嬢にあるまじき歯を見せる笑みを浮かべた。

最初に知り合ったのは、例の旅行だそうだ。

――なるほど。ボンボリーノ様はこのような女性が、お好みなのですね。


しかし、それで婚約までも解消するとはどういうことなのだろう。

その時にアレリラが覚えたのは、失望でも、嫉妬でも、諦念でもなく、納得と疑問だった。

アーハは、少し無作法ではあるけれど、明るい気質の女性……彼女は、アレリラとは正反対の人物に見えた。

婚約解消の理由は、分からないながら。

「畏まりました」

と、アレリラは淑女の笑みを浮かべてボンボリーノに了承を告げて、家に帰って報告した。


その、数日後。


幸いにして、事業提携の利益分配は滞りなく行われ、両親と弟は怒っていたが婚約はすんなりと解消された。

ペフェルティ伯爵夫妻からの謝罪も受け、結果として、アレリラの身の振り方だけが宙に浮いた。

学校でさほど親しい友達もなく、殿方との関わりもなかったアレリラは、そこで初めて、これからどうするか、を考え始めた。

——仕事をしましょうか。

貴族学校首席の実績を活かせるのは、文官や家庭教師だろう。

そうして両親に『領地経営を手伝えば良いのでは』と反対されつつも、仕事を探した。

この領地はフォッシモが継ぐものであって、自分が結婚もせずに、小姑として居座っていいわけがない。

しかし実績やコネのない自分では、面接のツテもなく。

そうこうする内に、何故か『宮廷で働かないか』という打診があって、そちらに就職することにした。

筆記試験と面接は、難なくクリア出来た。

『知り合いが、優秀な人を知ってると言っていてね』

と、アレリラに打診して推薦状を書いてくれた文官は笑っていた。

——なるほど、社交とはこうした際に必要になるものなのですね。

誰が売り込んでくれたのか、と尋ねても、文官は教えてくれなかった。

しかしアレリラは、その苦戦の経験から、何かがあった時のために、他者とのある程度の関わりは必要なのだ、と学んだ。

そうして勤勉に仕事をしていると、イースティリア様に召し上げられた。

「君が有能だと聞き及んだ。よろしく頼む」

「誠心誠意務めさせていただきます」

秘書官、という、宰相補佐の仕事はやりがいもあり、給与も上がったので、全く不満はなかった。

イースティリア様は優秀で、お仕えしがいのある上司でもある。

そうして働くうちに、少しくらいは雑談をすることもあり、ふと、ボンボリーノからの誘いを断った旅行の話になった。

「なるほど、では君は、ダエラール領以外に行ったことがないのか」

「はい」

「それは、もったいないことをしたな」

「もったいない、ですか？」

「ああ」

イースティリア様の言葉は、アレリラには意外だった。

彼もどちらかというと、実利を重んじる側の人だと思っていたからだ。

しかし、彼の『旅行』に関する意見は、アレリラとは角度が違っていた。

「知識も重要だが、仕事を円滑に進める際に、学生時代の交流が役に立つこともある。また何かを判断する際に、現場を見て実情を知っておくことにも意味がある。それこそ水路の工事など、目にしていれば実際に現場でどういう補助が求められているのか、知れることもあっただろう」

そういう視点がなかったアレリラは、なるほど、と深く頷いた。

またある時、イースティリア様は言った。

「隣国にある、サーシェス薔薇園は見事なものだ。大変に美しく、観光の際に人気がある」

「イースティリア様は、そうしたものを楽しまれるのですね」

「花を咲かすにも職人の手が必要だ。彼らの培った経験と努力がそれを作り出していると考えると、その技術に魅了される。どうやって培われ、活かされているのか。また遊興の元手となるのなら、それは土地に金を落とす客を、その金を求める人を、誘致する」

人が来れば活気が得られ、新たな知識も流入するのだと。

そして人をもてなし、不快にさせないということは、領主や主催者として大事なことだと。

イースティリア様の発言は、一つ一つが学びそのものだった。

「理解出来ます。そして、素晴らしいご見識です」

「褒められるほどのことではない。そういう意味で、薔薇園だけでなく、他者の好むものや趣味をよく知っておくことも、大切なのだ」

なら、ボンボリーノのやっていたことも、あながち無駄なことではなかったのだろうか。

人と交流し、服飾や遊戯に興じることは、きっとイースティリア様の言っていることに通じる。

アレリラは、彼が明確に、理解できるように説明してくれる数々の話を聞いて、人との関わりを学ぶということの大切さを知り。

やがて、彼の妻となる時に。

秘書官としてそれらを学んだ成果を、遺憾なく発揮することになった。

——昔の夢を見た。

アレリラは、ぼんやりとそんなことを考えながら、目を開ける。

横には、先に目覚めておられた愛しい人の顔があった。

「おはよう、アレリラ」

「おはようございます、イースティリア様」

婚約式の後、結婚式もつつがなく終えた翌日。

朝の寝室にて、アレリラはイースティリア様に頭を撫でられた。

「体は大丈夫か？」

「はい、イースティリア様」

初めて結ばれたことで、重だるく違和感のある体を、優しく抱きしめてくれる旦那様の呼びかけに、アレリラは淡々と言葉を返す。

気恥ずかしいと思う気持ちは、耳の先がほんのり赤くなるくらいしか表に出ないけれど、こちらを見つめるイースティリア様には悟られているようで。

耳を優しく指先でもてあそばれて、少しくすぐったい。

対する彼も、とても整った顔立ちは、いつもながらの無表情だけれど。

アレリラには彼の瞳の色やわずかな表情の動きだけで、その感情を理解出来るため、不便はないし不安もない。

アレリラを、愛しいと思ってくれているらしい、その優しい視線を受けて落ち着かない気持ちになるけれど、目は逸らせない。


ちなみにお互いに、ことを終えた後に夜着はきちんと着込んでいる。


「少し話しておきたいことがある」

「はい」

「一昨日、ボンボリーノ・ペフェルティ伯爵から、ある打診の手紙が来た」

「そうなのですか？」

突然出てきた元婚約者の名前に、アレリラはほんのわずかに目を見開いた。

そもそも一昨日は、仕事納めの翌日。

朝から式の準備に奔走していたのに、この有能な旦那様は雑務の処理まで行っていたらしい。

それよりも、そもそも繋がりがあったことに驚いたが……そういえば、ペフェルティ伯爵領は、ウェグムンド侯爵領と、ダエラール子爵領に隣接している。

なら、イースティリア様と繋がりがあっても、おかしくはない。

「屋敷の方に、私信として出された手紙だ。用件は、『領内で見つかった金の鉱脈を譲りたい』というものだ」

「……それは国を通すべきことでは。それと、銀山の間違いでは？」

「いや、金山だ。公にする前に話がしたいと」

アレリラは戸惑った。

山が多く、木の輸出などをしているペフェルティ領は、開拓はほぼされていないものの広大で、その山の一つから、少し前に銀の鉱脈が発見されたのだ。

銀山は見つかったら申請が必要になる。

価格崩壊などを起こさないよう、国が採掘補助予算をつけて採れたものを一括で買い取り、利益の二割を、手数料兼税として国に納めることになっている。

その話かと思ったのだが。

「……まさか、新たに金の鉱脈まで見つけたということなのですか？」

「そういうことだ。管理しきれないからと、こちらに回したいようだ。丁度、我が領、君の実家、ペフェルティ領の境あたりにあるらしい」

「それはまた、面倒なことですね」

金の鉱脈の権利が誰にあるのか、を、はっきりと書面にし、契約を結んだ上で対応しないと、口を挟みたい者が出てきて諍いになる。

銀よりもさらに価値がある分、扱いも慎重にならざるを得ない。

国や他の高位貴族との兼ね合いもあり、確かにウェグムンド侯爵家に渡すのは、対応として正しいだろうけれど。

『いやオレ、銀山だけでもいっぱいいっぱいなのに金山とか、他の貴族や賊の対応とか、バカなんでマジ無理なんで〜！　よろしくお願いしゃ〜す！』

と、あの能天気な笑顔で口にしそうな言葉が脳内を流れて、思わず微かに眉根を寄せる。

「君の不快そうな表情も珍しい」

「あの方の性格は、熟知させていただいておりますので」

なんでもかんでも『お前の喋ってること、意味分かんないから、任せるよ〜！』と投げ出して逃げたこと数知れず、その尻拭いをしてきた身である。

補佐が上手いと言われるのは、その影響もあるだろう、と思っている。

——分からないのなら、なぜ分かろうとしないのか。

質問して理解しよう、と努めない彼の姿勢が、アレリラには昔から一番不思議だった。

「彼が言うには、その金山を君への結婚祝いに出来ないかと」

「…………は？」

「私は賛同し、譲渡の書類を取りまとめ、受け取れるよう手続きを行おうと思っている」

「お待ちください、閣下」

「イースティリアだ。今は職務中ではない」

「……イースティリア様。申し上げますが、それはかなり重大な案件です。領主同士の一存で決めて良いことではなく、まして所有者が一夫人などもっての外かと」

「宰相として重々承知している。その上で、明日、陛下の祝福を賜った後に面談の時間を設けていただき、その後、披露宴にて重役たちへの根回しを行う予定だ」

「……」

手回しが良すぎる、とアレリラが黙り込むと、イースティリア様はさらに言葉を重ねられた。

「その所有者が新婚の侯爵夫人となる点についても、昨夜早馬にて手を打ってある。現在審議中の婚姻契約書に既に待ったを掛け、話が通れば、婚姻解消の際の条件として一文を加える」

『離縁が夫人有責であれば国に返還、侯爵有責もしくは円満解消の場合は、譲与財産として金山を夫人に譲渡する』

という一文を。

「それまでは侯爵家の所有財産として夫人が管理し、その利益が夫人の個人口座に入るようにする予定だ。何か質問は？」

「ございません。手際の良さには感服するばかりですが、異議があります」

「聞こう」

「今度からは、手を打つ前に予めご相談ください。そのように莫大すぎる財産は心臓に悪いです。出来れば辞退したく」

「今後善処しよう」

「今、善処していただきたいのですが」

「ちなみに金の鉱脈の管理についてだが、ダエラール子爵家へ下請けに出そうと考えている。初期の資金投資と人員手配等については、侯爵家主導で行い、その後の採掘に関する諸業務を一任するつもりだ。採掘された金の利益に関する管理者への分配率は、権利を持つ君が決めていい」

「畏まりました」

実家の利益になるように計らうというイースティリア様に、アレリラは矛を収めた。

アレリラが得る利益の中から子爵家に支払う金額を決めていい、というのなら、数年後には豊富な領地運営資金を確保できるはずだ。

フォッシモならきちんとを有効活用してくれるだろうし、事業が軌道に乗り、利益が出るまでの数年間の雑務にも耐えられるだろう。

アレリラは話を受け入れると、続いて疑問を口にした。

「……ですが、何故ペフェルティ伯爵がそのような提案を？」

婚約を解消してからの八年間、彼とは一切、顔を合わせていない。

それに彼は、アレリラに良い印象を持っていないはずだ。

正直、このような厚意を受ける理由が分からないのだ。

ボンボリーノの顔を思い返しながら問いかけると、イースティリア様はアレリラの髪を撫でながら、淡々と答えた。

「侯爵夫人となった君には弁えておいて欲しいのだが」

「はい」

「世の中には、様々な人間がいる。愚者もいれば賢者もいて、愚者ではない者と賢者ではない者が、その間に数多くいる」

「存じております」

「ペフェルティ伯爵は、愚かな賢者、もしくは賢い愚者だ」

「……その評価は、分かりかねます」

何せ相手は、あのボンボリーノだ。

人付き合いの重要性を知ってから多少見直したものの、それでも、何も考えていないことの方が多いと思っている。

しかし、イースティリア様は淡々と言葉を重ねた。

「ボンボリーノ・ペフェルティという人物とは多少の交流があり、人となりはある程度理解しているつもりだ。彼は、人望がある。その点についてはどう思う？」

「事実かと」

「真なる愚者を、人は慕わない。ただ利用して奪い取ろうとする者ばかりが集うものだ。しかし彼はそうではない。むしろ、助けられ、与えられる側だ」

「……そうかもしれません」

イースティリアの言葉の着地点が珍しく読めず、アレリラは戸惑う。

確かに、思い返してみれば、学生時代も、ボンボリーノの周りでは笑顔が絶えなかった。

騙されたという話も、喧嘩になったという話も聞いたことがなく。

稀に彼の友人と話すこともあったが、良い人ばかりだったように思う。


――どうしてなのでしょう？


彼の周りには、アーハのような底抜けに明るい気質の人はむしろ少なく、思慮深い人物や世話焼きな人々がいた。

言われて初めて、疑問を覚える。

アレリラの僅かな変化に気づいたのか、イースティリア様が小さく頷いて、話を進めた。

「私は、ペフェルティ伯爵が、君になぜあのような仕打ちをしたのか、本人から直接聞いている」

「え……？」

「彼が、君に何と言って婚約の破棄を宣言したか、覚えているか？」

問われて。

あの時のことを思い出しながら、口にした。

「『アレリラ嬢、オレ、バカだしお前と話すのあんま楽しくないんだ〜。それに背もオレと釣り合わないし、オレは黒髪より金髪が好きだし。なんかオレにはもったいない気がする。だからアーハを嫁にするから、ごめんな！』です」

一字一句違わず答えると、イースティリアは何故か苦笑した。

「それを聞いて、君はどう解釈した？」

「背が高く陰気臭く、つまらない女だと言われたのだと」

「深読みのしすぎだな」

イースティリア様に言われて、アレリラは気づく。

――確かに。

普段から、人の言葉に込められた意味を……貴族的な思考を含ませているのではと……考えて、人と会話をするけれど。

　ボンボリーノは。

「彼は言葉に含みを持たせることがないタイプの人間だ。違うか？」

「言われて、初めて気づきました」

「そうだろう。彼が口にする言葉は、その通りの意味でしかない。『話が合わず、外見も中身も釣り合いが取れないから、君は自分にはもったいない』だ」

　さらに、イースティリア様は。

「どうやら、正攻法での婚約解消は前伯爵に止められていたようだしな」

　と、口にし、アレリラは、今度こそポカンとした。

「止められていた？」

「そうらしい。ペフェルティ伯爵を支えるのに、君ほど相応しい人材はいない、とな。私もそう思うが、彼にとってはそうではなかったのだろう」

　――『オレ、バカだし』
　――『なんか、オレにはもったいない気がする』
　――『ごめんな』

「では……では、いつもわたくしの質問や話題に対して、『分からない』と口にしていたのも、逃げていたのではなく？」

「本当に分からなかったんだろう。そして『何が分からないのかも分かっていなかった』のでは？　分からないことに対して、質問は出来ないからな」

「……はぁ」

言葉に含みを持たせない。

そういう視点は、アレリラにはないもので。

だとしたら、彼とは……本当の意味で、嚙み合っていなかったのだろう。

素直に、思うことを表裏なく口にしていたボンボリーノに対し。

裏の意図までも含めて、考えてしまうアレリラでは。

「それに、君が宮廷に召し上げられるきっかけになったのも、私に文官として君が仕えていることを知らせたのも、ペフェルティ伯爵だ」


――――え？

「……申し訳ありません。珍しく、事実に対して思考が追いついていません。では、私を文官に推薦した人物というのは」

「彼だ。ペフェルティ伯爵は物事を深く考えないが、彼が起こす行動は、結果として上手くいくことが多いようだ。中でも、君のことはそれなりに気にかけていたのだろう」

その結果。

アレリラを、ボンボリーノの婚約者という立場から解放し。

培った能力を、発揮出来る場所を世話し。

そして今、もし離縁となってもアレリラが困らぬような財産を、金山という形で贈ったのだと。

そう聞くと、とんでもなく大事にされている気がするけれど。


相手はボンボリーノ。

多分そこまで考えていない。

考えてないが、客観的な事実としては、そうなるのだ。

「ではわたくしは、彼に感謝せねばなりません。その結果、貴方という方と知り合うことができ、その妻になれたのは、この上なく嬉しいことです」

「私もペフェルティ伯爵には感謝している。心から愛せる君と出会わせてくれたことに」

イースティリアは微かに微笑み、そっとアレリラの頬に口付けた。

その感触に昨日の夜を思い出して、顔に熱がこもる。

「ペフェルティ伯爵の行動が君に誤解されたままでは、フェアではないと思った。あの自覚なき賢者の、君への最後の善意が杞憂に終わることを誓おう」

「わたくしも、そう願っております」

「――――生涯、共に在ることを約束しよう。愛しいアレリラ」

耳元で囁かれる言葉に。

アレリラは、確かに幸せを感じて、目を細める。

「はい、イースティリア様。わたくしも貴方を幸せに出来るよう、生涯をかけて努力いたします」

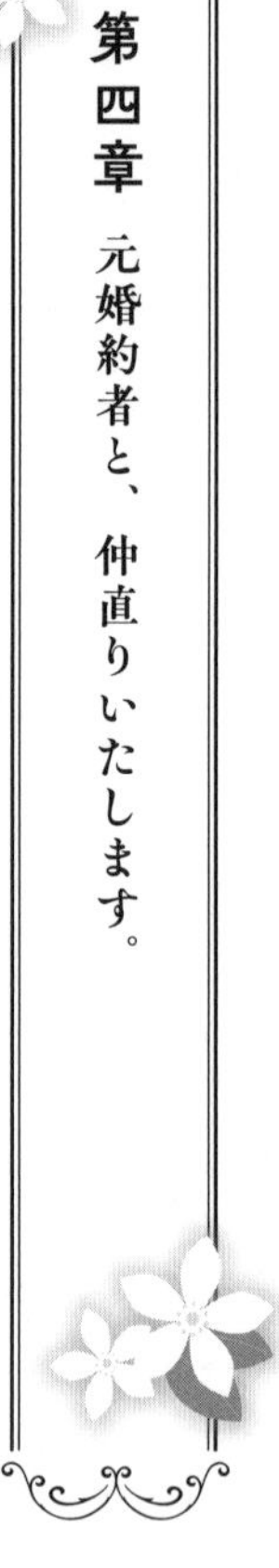

第四章 元婚約者と、仲直りいたします。

「ペフェルティ伯爵ご夫妻がいらっしゃいました。ご面会のお時間です」

結婚式も無事終えて少しした後。

新たに秘書官候補を二名、イースティリア様が雇い入れ、執務中にその指導に当たっていたアレリラは、受付の事務官の言葉に立ち上がった。

「分かりました」

「顔合わせに懸念があるなら、私一人で赴くが？」

「いいえ、問題ありません」

ボンボリーノとアレリラの婚約破棄の顛末をご存知のイースティリア様が、立ち上がりながらそう口にしたが、首を横に振る。

いかに『ボンボリーノが裏で手を回していた』という事実があっても、公衆の面前で婚約破棄されたことに変わりはないので、気遣ってくれたのだろう。

アレリラの方はあの当時、ボンボリーノに何か思うところがあったわけでもないので、それ自体は大して気にしてはいない。

自分のことを貶められたように感じた言葉も、勝手に裏読みしていたことや、夜会の無責任な噂のせいである部分が大きく、彼本人が悪かったのは、後先考えていなかった婚約破棄宣言だけだ。

婚約破棄の後、話すのは初めてだけれど、緊張はしなかった。

むしろイースティリア様の気遣いに感謝しつつ、応接間に赴くと。

伯爵として目上への礼節は弁えていたのか、席の横に立って待っていたボンボリーノとアーハがこちらに目を向けた。

その前に、テーブルの上の高級茶菓子に見惚れて二人で涎を垂らしそうになっていたのは、見て見ぬふりをする。

「宰相閣下、お招きありがとうございます〜。アレリラ嬢も久しぶり〜！」

「ご結婚おめでとうございますぅ〜！　後、ウェグムンド侯爵夫人よボンボリーノぉ〜？」

「そうだった！」

「面会の要請に応じていただき、ご夫妻には感謝する」

「わざわざ足をお運びいただき、誠にありがとうございます」

相変わらずあっ軽い調子のボンボリーノとアーハは、八年経っても体形ほど中身は変わっていないようだった。

ブンブンと手でも振ってきそうな様子に。

――もう少し、態度にも目上への敬意を見せてもいいのでは？

と、内心軽くため息を吐きながら、アレリラはいつもの鉄面皮で着席を促し、イースティリア様と共に対面に腰掛けた。

「で、本日はどのようなご用件で～？　金山のことですかね～？」

「ああ」

ヘラヘラと、どことなく馴れ馴れしい口調で問いかけるボンボリーノだが、イースティリア様はあまり気にした様子がなかった。


――それほど、お親しいのでしょうか？


あまり二人が結びつかないが、夜会で会う以外にも幾度か顔を合わせたことがあるということなので、その可能性は高いのだろう。

というアレリラの疑問は、すぐに解消された。

「銀山の件を相談された時も驚いたが、ペフェルティ伯爵は素晴らしい幸運に恵まれているな」

「オレ、単に旅行に行った時に砂金が流れてるの見つけて、あっちの方になんかあるかも～、って言っただけなんすけどね～！」

「銀山も似たような経緯だったな。伯爵は〝黄竜の耳〟をお持ちのようだ」

「いやそれほどでもないすよー！　ハニー、こーりゅーのみみって何～？」

「おバカねぇ、ボンボリーノが、めっちゃ運がいい人って意味よぉ〜！」

「なるほどー！」

どうやら、金山を見つけたのはボンボリーノ本人らしい。

ちなみに〝黄竜の耳〟は『凄まじい豪運の持ち主』であるという例えであり、実際、彼の耳の形は目を引くほど見事な福耳である。

「今日は、金山の管理を、誰にどういう形で頼むかの打ち合わせがしたいと思ってお越しいただいた」

「え〜？　そんなの、閣下の良いようにしたら良くないすか〜？」

「ボンボリーノぉ〜。そんなんじゃダメって言ってるでしょぉ〜？　今の所有者はまだあなたなんだから、宰相閣下だって話をしないと動けないのよぉ〜。聞いて頷いといたらいいからぁ〜」

「そっかぁ〜、分かったよハニー！」

人前でイチャイチャしない。

本人の前で『聞いて頷いといたらいい』とか言わない。

責任を丸投げしない。

言いたいことはいくらでもあるけれど、アレリラは黙っておく。

イースティリア様が、何故か楽しげで気分を害していないからだ。


――どういうことなのでしょう？

他の方がこんな態度を取ったら、微かに不機嫌そうに眉をひそめているはずなのだけれど。

不思議に思いながらも、アレリラは素早く、持ってきた書類を二人の前に並べて、イースティリア様に軽く頷きかける。

「まずはこの書類を見てほしい。金山の譲渡に関しては、通常の土地の移譲と変わらないので、さほど手間ではない。土地代の支払いと、工事の際に必要な人手の手配や建築の費用はこちらで請け負う代わりに、鉱夫の住む場所をペフェルティ領内で提供してもらいたいのだが」

「いいすよー、土地はめっちゃ余ってるんで～！」

「では、建設予定地の選定はわたくしが行わせていただきます」

アレリラは、ペフェルティ領について婚約者時代に前伯爵から色々と教えられている。

金山があるのはウェグムンド侯爵領・ダエラール子爵領にほど近い田舎の土地だけれど、近くに交易を主として栄えた街があるので、そこと山を繋ぐあまり手をつけられていない地域についてもちゃんと把握していた。

「計画書の細かい点はまた詰めなければならないが、おそらく採掘が本格的に稼働すれば、鉱夫やその生活の世話をする者たちの落とす金でペフェルティ領は潤うだろう。また、継続的な資材などの手配を、ペフェルティ伯爵夫人のご実家に任せようかと思うのだが」

「だってさ～、どうする？　ハニー」

「良いわよぉ～。パパに出来そうなところだけお願いしとくわねぇ～」

アーハの父であるコルコツォ男爵は、元々ペフェルティ領出身で、そこで商売を興した後に帝都に手を広げた方だという。

勝手知ったる海千山千の商人だということなので、不安はないだろう。

「もし上手くいけば、希望次第で陞爵の手配もさせてもらおうと思っている。が、格が上がって子爵となれば領地運営の義務も発生するので、その辺りはコルコツォ男爵の今後の展望次第だとお伝えして欲しい」

「分かりましたぁ～！」

現在のバルザム帝国は、アレリラがイースティリア様の一存で秘書官に登用されたことでも分かるように、実力主義・個人主義だ。

その流れが出来たのは、今から十数年前。

北の国との戦争を終結させた英雄、現ロンダリィズ伯爵は金の亡者と陰口を叩かれるほどの経営手腕の持ち主でもあった。

かの伯爵家は、彼一代でとんでもない発展を遂げた。

彼と幼少時から交流のあったレイダック王太子殿下とウィルダリア王太子妃殿下、そしてイースティリア様は、その手腕を間近で見て、直接指導を受けたこともあるのだという。

その彼が、領地を拡大するよりも発展させること、そして流通網を掌握し人材を育成することに力を注いだため、徐々に貴族の意識が変わり、結果、法律までもが変わったのだ。

土地がなくとも、何らかの功績を残せば男爵になれる。

あるいは、伯爵家以上の領内で分割統治を任され実績を残した者は、小領主として爵位を賜れる。

子爵までは、規定された一定額の税さえ納められるのであれば、その後の格上げを望まない場合、土地を賜らずとも陞爵出来る。

伯爵以上は一定の領地を持つことを義務付けられるが、何らかの功績を残した際には、土地か、一定額の年間褒賞かを選べる。


今までは宮廷貴族くらいしか存在しなかった『土地なし貴族』。


彼らは今、帝国内で存在感を増している。

その多くは輸出入で功績を挙げた商人であり、多くは土地に縛られることを良しとしない。

時流としても、作物や物作りを資本や生活の基礎とする人々、あるいは故郷に思い入れのある者以外は、土地にこだわることがなくなってきていた。

アーハの父、コルコツォ男爵も、そうした商人貴族の一人である。


三領に跨る可能性のある、金山利権。

土地の治安を守るに当たり、管理を任せる人材をなるべく縁戚で固めることで、他者の付け入る隙をなくそうというのが、イースティリア様のお考えだった。

勿論、実際にそれを可能とする手腕を、それぞれが持ち合わせていることが前提ではあるけれど。

「金山譲渡に関するペフェルティ伯爵への利益の分配についてだが、新たに作られる鉱夫街での商売の優先権を与えると共に、関税管理などをお任せしようと思う」

元々ペフェルティ領内ではあるのだが、初期費用を出すのはウェグムンド侯爵家だ。

その辺りを肩代わりした上で利益を譲る、という話に、ボンボリーノはヘラヘラ頷こうとしたが。

「ボンボリーノぉ〜。いくらバカでも、お金の話は簡単に頷いちゃダメって言ってるでしょぉ〜?」

アーハが、ペシリ、とボンボリーノの頭を叩いた。

「え〜?　だって宰相閣下の話じゃ〜ん。大丈夫っしょ〜?」

と言いながらも、ボンボリーノは書類に目を落として……あれ？　と首を傾げた。

「えっと〜、金山の管理って、ダエラールのおじさんに頼むんすか〜?」

ボンボリーノは、どこか困ったような顔でアレリラに目を向ける。

「その予定で、イースティリア様はお話を進めておいでです」

「それに、職人たちの管理が文官のウルムン子爵……えっと、宰相閣下?」

「聞こう」

ボンボリーノは、ヘラヘラと笑いながら、とんでもないことを言い出した。

「オレ、ウルムン子爵苦手なんですよね〜。替えてくれないですかね〜?」

と。

――まさか、自分の好き嫌いで人選を？

と、訝しむアレリラの横で、イースティリア様は淡々と問い掛ける。

「彼は領地こそ持たないが、宮廷業務における財政管理は評価が高く、実績も上げている。何か問題があるのか？」

「あの人、目上には丁寧なんだけど、下の人を小バカにしたりすることあるし、あんまり話が通じないっていうかー。オレも何回か話したことあるんすけど、なんかイヤだな～って」

「ボンボリーノぉ～、その言い方じゃダメよぉ～。バカねぇ～」

アーハが口を挟み、首を横に振る。

「ワタシもあの人はちょっと苦手だけどぉ～、夜会で女の人にしつこく迫ったりとか～、酒癖が悪かったりとか～、言葉がキツかったりとか～、トラブルを起こしそうな行動が多いからでしょぉ～？」

「ゴメンねハニー！　そう、そういうこと～！」

あはは、と笑い合う二人の話を聞いて、アレリラはようやく理解した。

人とトラブルを起こしそうな人物を置きたくない、ということなのだろう。

確かに、そうしたことを話し合うための打ち合わせなので、有用な意見である。

イースティリア様も、小さく頷いた。

「なるほど。意見は参考にしよう。代わりの人材としては？」

「ん～、補佐のところに名前があるオースティさんとかかなぁ～」

「いいわねぇ～！」

それは、アレリラを文官に引き立ててくれた人の名前だった。

ボンボリーノがアレリラの就職の口利きを頼んだオースティ氏は、以前アレリラの上司だった人物である。

「どう思う、アレリラ」

イースティリア様の問いかけに、オースティ氏の人となりを淡々と説明する。

「悪くない人選かと。華々しい実績を上げておられる方ではありませんが、調整や根回しなど、波風が立たぬよう立ち回れる方です。仕事も丁寧ですし、元から他人と揉め事を起こさない、穏やかな性格をしておられます」

アレリラが宮廷に文官として入った頃。

いまいち人との距離感が摑めずに何度か軽く衝突したことがある。

そうした時に、間に入ってくれていたのだ。

人の話をよく聞き、相互に不利益のないよう対立を収めてくれる姿勢には、見習うところが多かった。

「では、差し替えよう。そのように手配してくれ」

「よろしいのですか？」

アレリラは驚いた。

イースティリア様が、自ら書類に目を通すこともなく重要な人事を決断なさるのは稀なことだ。

「ペフェルティ伯爵夫妻とアレリラが推すのなら間違いはないだろう」

自分と彼らがそこまで信頼されていることに、さらに驚いたアレリラだが、ボンボリーノはいつも通り気にした様子もなく、もう一つ提案をする。

「後～、ダエラールのおじさんとこに頼むなら、アレリラ嬢の、じゃなくて、えっと、ウェグムンド侯爵夫人の弟のフォッシモくんの方が良いと思いますよ～」

「そちらは、どういう理由でだ？」

「おじさん気が小さいから、金山の管理なんか任されたらオレみたいにアワ吹くと思うし～。フォッシモくんは、オレみたいにバカじゃないし～？」

「貴族学校でも成績良かったたって、従兄弟の一人が言ってたわよねぇ～」

「それは事実ですが」

アレリラほどではないが、フォッシモも優秀な成績で卒業している。

宮廷に勤め始めた後は、領地経営の提案についても、父ではなく弟に手紙を書き、彼に対応してもらっていた。

「しかし、多少経験不足では？」

金山に関わる仕事は、それなりに重大な案件だ。

完全にフォッシモに一任するのは不安が残る、と思っていると。

「では、こちらで彼に補佐をつけよう。どちらにせよ、ダエラール領を継ぐのであれば最終的な管理者は彼になるだろう」

「畏まりました。でしたら、ウェグムンド領で有望な方をリサーチしておきます。また、オースティ氏にも適任が文官の中にいるか、尋ねておきます」

「頼む」

それから細かいところや他の人員を詰め終えてから。

アレリラは、三人にお願いした。

「では、打ち合わせはこれにて終了となります。この後少々、ペフェルティ伯爵夫妻にお時間をいただけますでしょうか？　イースティリア様は先にお戻りいただければ、と」

彼は頷くと先に出ていき、不思議そうな顔をするボンボリーノたちに、アレリラは頭を下げた。

「お時間を取らせていただき、申し訳ありません」

「いいけど、どうしたの？　改まって～」

「ペフェルティ伯爵夫妻に、感謝と謝罪を述べさせていただきたいと思いまして。私の私有財産となる事業を手配してくださり、誠にありがとうございます。そして、今までの非礼の数々を、どうぞお許しくださいませ」

「「……ほぇ？」」

ボンボリーノはアーハと共にポカーン、と口を開けて、間抜けな顔をしていた。

「婚約解消の打診を前伯爵様に受け入れられず、ああした手段を取ったこと。オースティ氏へ、わたくしの就職の口利きをしていただいたこと。イースティリア様とのご面会の際にわたくしを推挙してくださったこと。それらのことをつい先日お伺いいたしまして、己の不明を恥じた次第にございます」

思い返すに。

以前のアレリラは、決してボンボリーノ本人に興味を示していたとは言えなかった。

後々、人との繋がりや業務を円滑にするために必要なことを考察した際に、ボンボリーノはアレリラと、少ないながらも交流を持とうと努力していたのだと気づいた。

それは月に一度のお茶会での話題であったり、あるいは図書館まで訪ねてきて話しかけてきたことであったり、旅行に誘ってくれたことであったりした。

当時、結婚することが決まっている相手と親睦を深めることの意味や、人との交流の必要性に無理解だったアレリラは、彼がどうしてああいう行動を取っていたのかを知ろうともしなかった。

人との繋がりは、決して実利のみの付き合いで深まるものではない。

その重要性を知ったのは、オースティ氏の取り成し方を学んでからのことだったし、明確に理解したのはイースティリア様と知り合ってからだった。

――この方に、失望されたくない。


そう思うイースティリア様と……人として、上司として尊敬できる方と共に働かせていただき、アレリラにはない視点で様々な物事を説いてくれたから。

その結果、ようやくボンボリーノの行動の意図を理解出来るようになり、教えられた裏事情によって、謝罪をせねばならないことに気づいたのだ。

「ペフェルティ伯は、人との繋がりを大事になさっておいでです。わたくしに対しても、常々手を差し伸べてくれていたにも拘わらず、わたくしはそれを理解出来ておりませんでした」

何かを楽しいと思ったら、それを共有したいと願う。

話をし、お互いが異なることを理解した上で、その考えを尊重する。

ボンボリーノは、当たり前にそれが出来ていた。

そして、アレリラを否定はしなかった。

『それ楽しいの？　面白いの？　そればっかりじゃなくても良いんじゃないの？』

と。

常に問いかけた上で、自分の考えを披露していた。

そして、分からないと言いながらも、決してアレリラに何かをやめろとは言わず、誘いを断っても強要はしなかったのだ。

彼に足りないところは、数多くある。

先ほどのイースティリア様とのやり取りでもそうだったし、支えているアーハでさえ完璧なサポートを出来ているわけではないけれど。

不完全な二人は、不完全ながらもきちんとお互いを支えていた。


完璧でなければ、と狭い視野で気を張っていたアレリラの態度は、理屈以外での意思疎通を軽んじていた自分は、きっとボンボリーノにとって息苦しかったことだろう。

彼は、アレリラの前でも笑ってはいたけれど。

アーハに対する時のように、心から笑ってはいなかったのではないだろうか。

アレリラが、イースティリア様に向けるような気持ちを、彼に向けなかったのと同じように。

「お互いを理解する努力を、わたくしの方からもしていれば、ペフェルティ伯爵や伯爵夫人があえて汚名を被ることなく過ごせたかもしれませんし、あるいは円満な解消に向けて努力出来たことでしょう。そんなわたくしを気にかけていただき、誠にありがとうございました。そして、申し訳ありませんでした」

アレリラが深く頭を下げると、夫妻はひどく慌てた様子を見せた。

「いや、ちょ、侯爵夫人がオレなんかに頭下げたらダメだよ〜!?」

「そうですよぉ〜。それにワタシたち、やっちゃった〜としか、思ってませんでしたしぃ〜!」

「いえ。ですがこれは、わたくしの不始末ですので」

「堅い！　堅いよアレリラ嬢〜！」

「ボンボリーノぉ、ウェグムンド侯爵夫人よぉ〜!!　でも頭を上げて〜！」

二人があまりにも焦るので、アレリラが頭を上げると、二人はあからさまにホッとした。

高位貴族夫妻としてそれはどうなのか、と思わなくもないけれど。

これが決して悪いばかりの態度ではないのだ、ということを、もうアレリラも理解していた。

「いや〜、アレリラ嬢はそう言ってくれるけど、オレもごめんな〜。バカだからあんな感じしか出来なくてさ〜」

と、ボンボリーノがぺこりと頭を下げる。

そして、すぐに上げた。

「でも、オレもお前にムカついてたし、アーハと浮気したのは事実だし、アレリラ嬢のことを二人に話したのも、別に深く考えてたわけじゃなかったし〜」

お互い様じゃね？　とヘラヘラ笑うボンボリーノは、確かに賢いとは言えないのかもしれないけれど。

自分に足りないものを素直に認めることが出来るというのは、大きな強みなのだと思う。

さらに、ボンボリーノは意外なことにアレリラを褒め出した。

「それにオレ、ムカついてたけどアレリラ嬢のこと嫌いじゃなかったよ〜。お堅いとは思ってたけど、オレの知らないこといっぱい知ってたし、成績も良かったし、いっつもピシッとしててカッコよかったし〜」

「そうですよぉ～。貴族学校でもずっと高嶺の花で、ボンボリーノにはもったいないって言われてたぇ～！　このおバカに粉かけられた時も、ウェグムンド侯爵夫人を捨ててワタシなんか選ぶって信じられない～って思ってましたもん～！」

「そう、なのですか？」

ずっと人から避けられていると……本当は自分から人を遠ざけるような態度を取っていたのだけれど……思っていたアレリラは、その言葉に戸惑った。

「そーだよ～。アーハと出会った旅行に誘ったのもさ～、オレは『アレリラ嬢は多分来ないよ～』って言ったんだけど、友達の婚約者がお前とお近づきになりたいって言ってたからだし、お前が来なくて残念がってたし～」

「ボンボリーノが『オレにはもったいないから別れたい』って言わなかったら、さすがにワタシも協力しなかったたっていうか～。おかげでボンボリーノと結婚できて嬉しいけどぉ～」

「あはは、オレもだよハニー」

いつの間にか二人でイチャイチャし始めたボンボリーノたちの姿を見て。

アレリラは、口元を微かに緩めていた。

なるほど、これは確かに。

「――――お二人は、とてもよくお似合いですね」

気づけば、アレリラはそう口にしていた。

こちらを見て、また何故かポカンとした二人は、それから嬉しそうに歯を見せて笑う。

「アレリラ嬢と宰相閣下も、すげーお似合いだよー！」

「いや～ん、ウェグムンド侯爵夫人の笑顔とっても素敵～！　これからお友達になってほしい～！　皆に自慢出来るしぃ～！」

キャッキャと騒ぎ始める二人に、アレリラは頷いた。

「ありがとうございます。わたくしも、ペフェルティ伯爵夫人のご友人に加えていただけるなら、大変光栄です。知り合いは多少おりますが、友人と呼べる人はいないので」

口にしてみると、それはとても寂しいことのように思え、また、自分の至らなさに苦笑を禁じ得ない。

「大歓迎ですよぉ～！　お茶会も誘いますし、アレリラ様とお呼びしていいですかぁ～!?　ワタシのこともアーハって呼んでくださいぃ～！」

天真爛漫で明るい笑顔に釣られて、アレリラは笑みを深める。

「ええ、是非。アーハ様のお誘いを楽しみにいたしております」

それからもう一度、深々と頭を下げたアレリラは、二人を見送って執務室に戻る。

アレリラはその道すがら、幼馴染みとも呼べるボンボリーノとの日々を思い返していた。

何事も器用にこなせない彼の、欠点ばかりを目にしていたような気がしたけれど。

いつも彼の周りには笑顔の人々がいて、それは間違いなく、人を笑顔に出来るボンボリーノの美点で。

自分は目にしていなかったのではなく、自分にないものを持っていた彼を羨ましいと思い、目を逸らしていた部分もあったのだろう。

気づけなかっただけで、気づいていれば違う未来もあったのかもしれないと、そう思うけれど。


それでも一番、感謝しているのは。


「感謝は伝えられたか」

「ええ、存分に」

やはり、自分のことを理解して、教え導いてくれた、誰よりも尊敬できる、今では最愛の殿方であるイースティリア様に、出会わせてくれたこと。

口にせずとも、自分ですら分からないことであっても、理解して気遣ってくれるこの方の側にいられて。

ボンボリーノと別れる前も後も、間違ったことは多くあったけれど。

間違ったから、イースティリア様に出会え、今までの努力があったから、お支えできる。


それが、嬉しい。

だからこそ、自分の人生は全てが間違いではなかったと、心から信じることが出来るから。

その日、イースティリアは侍女長のケイティから、報告を受けていた。

「奥様は、大変聡明でお優しい、素晴らしい方でございますね、旦那様」

「ああ」

彼女の言葉に、イースティリアは微かに笑みを浮かべる。

ケイティは最初、前侯爵の乳母として侯爵家に仕えていた女性だった。

そんな彼女の人柄をイースティリアの祖母が気に入り、前侯爵が手を離れると祖母の側付き侍女になり、前任が退いた際に侍女長に指名されたのだ。

元々は公爵家の庶子であったという彼女は、聞くところによると大変な苦労人だった。

先帝の治世の折に、側妃として後宮に入っていた、という異色の経歴の持ち主だ。

しかしケイティには、母が平民という出自の問題があった。

さらに懐妊後に、父である公爵が政争に敗れたことで、本来なら王子である我が子の継承権を放棄させられ、共に市井に降ることを強要された。

そんなケイティを救ったのが、なんと先帝の正妃であったという。

昔、正妃の子であった第一王子が流行性の難病を患った際に、当時高位侍女として召し上げられていたケイティが親身に寄り添い、励まし続けたことが心の支えになっていたそうだ。

その様子を先帝に見初められたのが、側妃となったきっかけだったのだと。

正妃は、彼女の産んだ子を我が子として公表し、当時別の名を持っていたケイティ自身は、王子の生母とバレないように病死を装って、身の安全のために後宮を離れた。

そのまま、同時期に生まれた前ウェグムンド侯爵の乳母として、侯爵家に預けられたのだ。

というような縁があって、イースティリアは、現在の王太子とウィルダリア王太子妃の二人と、幼い頃から懇意にしていた。

イースティリアは、侯爵位を継いだ時に父母からそんな打ち明け話を聞いて、驚いたものだ。

元々ケイティを慕っていたイースティリアだが、今では心から彼女を尊敬している。

そんな彼女がアレリラを褒めるのを聞くのは、気分が良かった。

「何か、素晴らしいと思うような出来事があったのか?」

「先日、下働きの洗濯婦が懐妊いたしましてねぇ。本人も気づいていなかったようなのですが、たまたま通りかかった奥様が、孕って(みごも)いるのではと仰いまして」

洗濯婦本人はただの体調不良だと思っていたようで、ひどく驚いていたという。

そんな彼女を、アレリラは肌寒くなってきているからと、自ら使用人棟に赴いて火を入れさせ、医者を呼んだのだと。

「お金を払えない、と恐縮しておりましたが、奥様が自分の私財をお出しになって。ほんに、お顔には表れませんが、気配りの行き届いた心温かな女主人にございます」

アレリラは、『自分たちが不自由なく生活できるのは、助けてくれる人がいるからだ』と、会えば挨拶をし、暇があれば言葉を交わすのだという。

「逆に、『外に知られれば体裁が悪い』と苦言を呈した側付き侍女を、大奥様とわたくしと相談の上で、配置換えをなさいました」

「指摘された点は、事実では？」

高位貴族が、屋敷で働く者とはいえ侍女以外の者と直接言葉を交わすのは、対外的には眉をひそめられる振る舞いではある。

もっとも、平民でも宝石商などとは言葉を交わすので、イースティリア自身は意味のない慣習と思ってはいるが。

その程度のことで配置換えを行う、というのは、自分の意に沿わなければ、真に忠言を口にする者を退けることに繋がる。

そうした点について、いかがなものかと疑問を口にしたのだが。

ケイティは、頭を横に振った。

「アレリラ様は、まずその助言に対して、『その体裁を守ることは、イースティリア様が過ごしやすい環境を整える以上に、大切なことですか？』と問いかけられました」

伯爵家出身の侍女は、それに対して、『気安く声かけをするのは主人としての威厳を損なう』『金銭や忠誠を対価に働いているのならそれ以上の対応は必要ない』、等の理由を挙げたという。

その後、そう提言した侍女自身の評判をケイティに問い、改めて侍女にこう申し伝えたのだそうだ。

『貴女の述べた理由は、現在の潮流に即したものとは言えません』

と。

『働く者の手が止まること、特別な声かけによって下働き同士に軋轢が生じること、などを理由に挙げたのであれば、貴女の発言を聞き入れたでしょう』

とも。

その上で、労働そのものが、その環境で働く人々が、自分たちの生活においてどれほど大切なものなのかを懇々と説き。

最後にアレリラは『現在の帝国は、実力があれば平民も積極的に行政に登用しています。権威を理由に、存在を軽んじるべきではありません』と重ね。

『その第一の臣下として規範を示すべきウェグムンド侯爵家に、権威主義は不要です』

と、言い放ったという。

それによってイースティリアの母は、よりアレリラを気に入り、侍女は謝罪したらしい。

彼女は期間限定で一通りの下働きを経験した後、考えを心底改めれば侍女に戻す予定だという。

「なるほど」

イーステイリアは、アレリラの采配を聞いて、満足した。

彼女は、常に自分と同じ方向を向いている、と。

イーステイリア自身は、屋敷で働く者に積極的に声かけをすることはない。

それは、ある程度の距離を置くことで、仕事に口出しせず信頼を示す、冷静にその人物の働きを見る、という二つの意味がある。

対してアレリラは、近くで接し考えを見聞きすることによって、より相手を理解し、問題点を発見しようとしているのだろう。

しかしイーステイリアの接し方も、相手を深く知ることなく過ごすため、判断を誤る可能性があった。

ともすれば馴れ合いになりがちな付き合い方であり、そうした意味での危険はある。

一長一短であり、どちらが正解ということはない。

しかし、二人でその役割を分担すれば、二つの観点から相手を評価することが出来るのだ。

アレリラは、屋敷の使用人に対して、イーステイリアとは違う接し方をしてくれているのだろう。

「彼女は、あれで人付き合いが得意ではない。それに気づいているか？」

ケイテイに問うと、彼女はあっさりと頷いた。

「真面目な方ですからねぇ。頑固になりがちな面もおありでしょう。態度はお優しいですが、お声がけの際に、少々迷って言い淀むこともございます」

「おそらく、彼女の婚約者だった人物と和解したことが、良い影響を与えているのだろうな」

昔から、そうなのだ。

彼女は一つ問題を解決する度に、しなやかに成長していく。

秘書官に召し上げた当初から、ずっとアレリラを見続け、その仕事ぶりを間近で感じてきた。

「かの人物（ボンボリーノ）は、私にはない才能を持つ者だ」

「旦那様がお認めになるのなら、それはそれは、大層な変わり者なのでしょうねぇ」

「そうだな。だが、稀有（けう）な有能さを持つ人材だ」

イースティリアは、微かに目を細める。


『相手を知り、親しく話すことを、身近な人から始めてみようと思います』

アレリラはペフェルティ伯爵と和解した後、いつもの真面目な顔で、そう言った。

彼女には、今まで異性同性問わず、親友と呼べるほど深く付き合った者がいないということは、聞いている。

イースティリアも似たようなものだったが、自分には王太子夫妻という幼馴染みがいて、彼らは論理的に社交の必要性を説いてくれた。

ペフェルティ伯爵と彼女は、言葉は通じても心が通じる関係性ではなかったのだ。

人には、相性がある。

どちらも善良な人物であっても、合わないものは合わない。

しかしペフェルティ伯爵とは、婚約者としては上手くいかなかったが、友人としてであれば、問題なく接することが出来るように思える、とアレリラは言っていた。

「彼女が成したいことがあれば、手を貸してやってくれ。アレリラが使用人との付き合いで何か苦労することがあれば、それとなく助けてやって欲しい」

イースティリアが頼むと、ケイティは人の好さそうな顔に、満面の笑みを浮かべて頷いた。

「ええ、ええ。旦那様が見つけてきた、頑張り屋で可愛らしい奥様ですからねぇ。出来る限りのことをさせていただきますねぇ」

幼い頃から無愛想だった自分を見守り、時に厳しく叱り、人並みに成長させてくれた侍女長に。

「頼りにしている」

と、イースティリアは小さく頷いた。

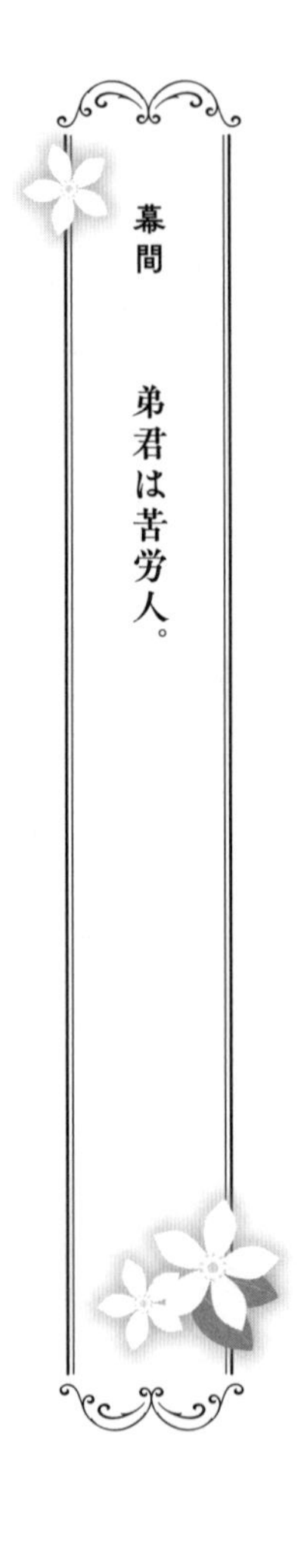

幕間　弟君は苦労人。

「金山の管理……ですか」

フォッシモ・ダエラールは、父であるダエラール子爵の言葉に、口元を引き攣らせた。

社交シーズンも終わりが近い。

フォッシモは姉の結婚式を見届けた後、今度は自分が爵位を継ぐ準備のために、少し早めに子爵領に戻っていたのだが。

遅れて戻ってきた父が執務室に呼び出して告げたのが、金山管理の打診に関する話だった。

「そうだ。我が最愛の娘をお飾りにしようとしたボケ宰相閣下と、我が最愛の娘を袖にしやがったボンクラ伯爵の推挙でな！」

「閣下の話は誤解だったし、ボンボリーノ様は確かにちょっとクソ野郎ですけど、俺の前以外でそれを口にしないでくださいね……」

「分かっている！」

ドン！　と執務机に拳を叩きつけて、痛かったのかますます顔をしかめて腕を振る父に、フォッシモは深く溜息を吐いた。

――姉上絡みのことになると、本当に面倒臭いな……。


この小心者で短気な父は、自分の娘が大好きであるため、姉には割と甘い。

その上、彼女が賢すぎて論破されてしまう&さっさと自分で決めて色んなことを実行してしまうので、姉の行動を全く制御出来ない。

だから、姉はさっさと文官になってしまったし、イースティリア様に嫁に出すことになった。

その結果。

誤解が解けても娘を取られたという意識が抜けず、宰相閣下に対する敵対心が剝き出しなのだ。

家の中限定で。


――文句があるなら、本人に直接言えば良いのになぁ。


父は、姉が今後一生、結婚しなくていいと思っていた節があった。

姉は本当に優秀で、タウンハウスに引っ越して文官や宰相閣下の秘書官をしながら、子爵領の運営にまで携わっていた。

手紙であれこれとフォッシモに指示して、うちが富むように動いてくれていたのだ。

父ではなく姉が。

領主としては可もなく不可もないが、新しく何かを始めることに尻込みしがちで気が小さい、儲ける才能がない父ではなく姉が。


……適切な判断をしてくれた姉のお陰で、フォッシモは貴族商売のイロハを多少学べたし、家柄は良いがジリジリと貧しくなっていっていたダエラール子爵家は、今ではある程度持ち直している。

そうした諸々があって、父はボンボリーノの件の後は姉を手放したくなくなり、それなりにあった縁談に難癖つけて断っていたのを、フォッシモは知っていた。

社交界で多少悪い噂が流れたところで、姉が美人で教養があることは、周知の事実。

姉に憧れるあまり家族になりたいと願った貴族令嬢が、兄や弟を焚きつけたという話もチラホラ聞いていた。

姉本人がそうした事情を知らないのは、宮廷に上がった後、貴族として出席を義務付けられているものだけ出てさっさと帰る上、それ以外の社交を全くしなくなったからだ。

にも拘わらず、結局イースティリア様に掻っ攫われ、フォッシモがもうすぐ子爵位を継ぐ段になっての、金山運営の話。


父の、ギリギリギリという歯軋りの音が、とてもうるさい。

「あの連中、アレリラを弄んだ上に、領主たる儂に厄介ごとを押しつけてきおって……!!」

「いや、普通に善意からだと思いますよ」

二人は姉を弄んだりはしていないが、父の頭の中ではそういうことになっているらしい。

実はボンボリーノとのことに関して、フォッシモは誤解していなかった。

というか、両家の父親が鬼のように激昂したせいでボンボリーノの話をまともに聞かなかった婚約解消の話し合いの後、フォッシモも文句をつけに行ったのだ。

すると彼はヘラヘラしながらこう言った。

『アレリラ嬢は、きっとオレと結婚しない方がいいと思ったんだよ〜。オレにあの子はもったいないよー』

と。

そしてさらに詳しく聞けば、ボンボリーノが婚約解消しようとしていたのを、前伯爵が止めていたせいであんなことになったという。

どっちにしたって婚約解消させられた姉に言うことではないので、黙っていたが。

また、イースティリア様から彼女が秘書官になった経緯にもボンボリーノが関わっていると聞いたので、フォッシモ的にはすんなり金山の話の善意を信じられたが。

問題が一つ。

「それに、金山の件を押し付けられているのは、俺では?」

書類には、フォッシモ・ダエラールという自分の名前が記載されているのが見えていた。

何で管理の打診を貰うのが、父じゃなくて自分なのか。

理由は薄々、気づいてはいる。

父の性格をイースティリア様もボンボリーノも知っているので、こっちにお鉢が回ってきたんだろう。


——確かに、引き受ければ金は入るけど、ね。


動く金額が大きいだけに、忙しそうなのも事実。

しかも採算が取れ始めるのは、数年後だろう。

当然、領地経営の片手間以上の仕事になるので、面倒臭いと思う気持ちが強い、が。

「えっと、父上。嫌なら断ります？」

「宰相、ひいては王家の意向に逆らうことなど出来るわけがないだろう!?」

「ですよねー」

まぁ、気が小さい父が陰口を言う以上の行動を取るわけがないので、さもありなん。


——なので俺に断る権利はなし、と。

近々、爵位の引き継ぎもあり、忙しいこの時期に。

少々うんざりしながら、フォッシモが受け取った書類に目を通してみると……どうやら金山で得た金そのものの利益は、国家に納める税以外の大半が姉の所得となるらしい。

職人や鉱山夫連中を雇うペフェルティ領と、金山の採掘計画や帳簿、現地が適正な環境かどうかを管理するダエラール家の利益はあれど、イースティリア様やボンボリーノ本人の利益はほぼなし。


――やっぱ、どう見ても善意だよな。


管理をこちらに回したのは、姉の実家である子爵家に、少しでも利益を回そうとしてくれているのだろう。

しかも毎月の管理費は姉の所得から出るようで、『取得利益の半分を、子爵領に分配する』という旨の書類まで入っていた。

が、それは流石に貰いすぎなので、後で姉に手紙でも認めて考え直してもらうことにしよう、と、後で自室の保留箱に入れておくことを決める。

「まぁ、とりあえずやりますけど。用件はこれだけですか？」

最近、次期領主として、昼餐会や夜会などへの参加が増えている。

他領や宮廷貴族との顔合わせや挨拶回りの意味合いもあり、断るのも難しいことが多い。

仕立ての良い服なども新調しているので少々懐が苦しいし、そのせいで、父から押し付けられ始めている仕事が、滞っているのだ。

出来ればさっさと部屋に戻って、領地の采配やら早期に収入の見込めそうな事業案やらを片付けていきたいのだが。

「……半年後に、ペフェルティ領でアレリラとクソ宰相閣下の視察がある。その日程調整のために、予定表をアレリラから受け取り、その後、宰相夫妻警備計画立案の手伝いのために、アホ伯爵に会ってこい!!」

「冗談でしょう……父上が行ってくださいよ。まだ子爵なんだから」

帝都と自領の往復には、滞在時の用事を済ます期間も含めて、基本的に二週間くらい掛かる。

ダエラール領と帝都の間には、広大で肥沃なウェグムンド領が横たわっているからだ。

宰相閣下の行動予定は機密に当たるので、当然ながら手紙で済ませるわけにもいかない。

「うるさい！　何で儂が、アホ伯爵の顔を見なければならんのだ！」

「姉上には会えますよ？」

「アレリラがクソ宰相閣下の横で、幸せそうな顔をしてるのなんざ見たくもないわ！　一人で里帰りするようについでに伝えてこい！」

——この娘バカめ……。

なんだかんだ言いつつ、姉の結婚が幸せなものだったことを喜んでいるくせに素直ではない。

内心で父を罵りながら、フォッシモはニッコリと笑う。

「じゃ、今滞ってる領地の仕事は、父上にお願いしますね。利益の出そうな重要な仕事はアンドリューに振っておきますから」

アンドリューは、最近代替わりしたフォッシモの二つ年上の家令である。

最初は下働きだったのだが、姉に頭の回転の速さを認められて、直々に事務処理の基礎と宮廷式補佐実務を叩き込まれた彼は、フォッシモの右腕として、能力を遺憾なく発揮してくれている。

「仕事が滞っているのはお前の責任だろう！」

「いえ、父上が爵位を譲る際の根回しを、面倒臭いと後回しにしてくれていたせいですね。引き受けてくれないなら、帝都にはご自分でどうぞ。仕事が遅れると領民から反感を買いますよ？」

「ふん、反感が怖くて領主が務まるとでも？」

「母上のご実家からのものも交じっておりまして。お祖父様や伯父上が仕事の遅れを許してくれれば良いですが。ちゃんと、今は父上が対応していると伝えておきますので」

以前はダエラール家の家令を務めてくれていたらしい母方の祖父は、父の教育係であり、今も頭の上がらない人間の一人である。

そして伯父は父の乳兄弟で、良い意味で遠慮がない。

「ぐぬぬ……フォッシモ！　貴様、いつの間に父にそんな逆らい方をするようになったのだ！　そんな育て方をした覚えはない！」

「お祖父様と姉上直伝です。で、どうするんですか？」

「……分かった、領地仕事の方をやる」

ニッコリと選択を迫ると、父は渋々といった様子で仕事を引き受けた。

よほど、ボンボリーノ様とイースティリア様に会うのが嫌らしい。


——やれやれ。


打診するなら、領地に帰ってくる前にしておいて欲しかった、と思いつつ、執務室を退出したフォッシモはこの時、知るよしもなかった。

姉が、少し前にとある公爵令嬢と仲良くなり。

新子爵お披露目の場で自分が見初められて、猛アタックを受けることになろうとは。

アレリラたちに出会った夜会から、二年後。
ミッフィーユは、運命の相手に出会った。
『お初にお目に掛かります。先日、父より爵位を継いだフォッシモ・ダエラールと申します……』

黒髪黒目、ほどほどの背丈、清潔感があり真面目そうなのに昔はヤンチャだったんだろーなーって雰囲気。

イースティリアお兄様の奥さんになったアレリラお姉様の弟、という、三歳年上の彼の襲爵を祝う夜会に参加したミッフィーユは。


――やだー！　凄くタイプなんですけどぉ～～～～ッ!!


と、心の中で快哉を上げた。

『初めまして、スーリア公爵家が三女、ミッフィーユと申します！　フォッシモ様、この度はご襲爵おめでとうございます！　アレリラお姉様によく似ておられて、とっても素敵ですわ！』

『え、あ……ありがとうございます……！』

『スーリア公爵令嬢。ダエラール子爵と呼べ。そしてウェグムンド侯爵夫人と呼べ』

『もう、お兄様はいっつもうるさいですわね！』

ミッフィーユは、とても自由な立場だった。

次代を担う人たちとは、親子ほど歳が離れているわけでもなく、かといって婚姻を結ぶほど近くもない。

すでに地盤固めは終わりかけていて、無理な婚姻を強要されることもない。

外国との関係を強化するためにそっちに嫁ぐか？　とも言われたが、祖国が好きなので断固拒否。

遅くに生まれ、他の兄弟姉妹と歳が離れたミッフィーユに、皆、とっても甘いのだ。

――――でも、旦那様は欲しいわねぇ。

そう思っていたところに現れたフォッシモは、ミッフィーユにとって天啓だった。

猛アタックした。

それはそれはもう、めちゃくちゃにアタックした。

自由な身なので、子爵家に足繁く通い。

参加する夜会を調べて、行って、横にべったりと張り付き。

フォッシモのことなら何でも知りたい、と話をせがみ、自分をアピールして売り込んだ。

イースティリアお兄様にも、アレリラお姉様にも相談した。

『特に問題はないな。アレリラはどう思う?』

『侯爵家と公爵家にそれぞれ縁を持つのは、生家にとって悪いことではありませんが。直接の繋がりではないとはいえ、次代が従兄弟同士になるのは少々問題では?』

『ミッフィーユの子が継ぐのは、公爵ではなくダエラール子爵だろう?』

『二人の子の、公爵家の継承権については?』

『今の時点で子が生まれても第九位だな。継承権一位は、もう14歳だ』

『であれば、問題ないかと』

相変わらず無表情で事務的なお二人にもお墨付きをいただいて、今。

「フォッシモ様。あーん！」

「じ、自分で食べられますから……！」

「あら、わたくしの手から食べるのはお嫌ですか？」

しゅんとして見せると、カフェで向かい合ってお茶をしているフォッシモ様は、真っ赤になりながら頭を横に振る。

「いや、決してそういうわけでは……！」

「では、あーん！」

こうして、ミッフィーユを嫌ってはいなさそうな彼なので、着々と外堀も内堀も埋めていっている最中だ。

――もう、人生順風満帆ね！

ミッフィーユは以前、自分とイースティリアお兄様が恋仲だという噂が蔓延（はびこ）っているのを知っていた。

無愛想なあの人と違って、ミッフィーユ自身は噂話が大好きなのだ。

だから、特に性格の悪いご令嬢がたを伴って、アレリラお姉様に対して一芝居打ったのである。

イースティリアお兄様は『求めてもいない相手と、なぜ結婚などせねばならん』とせっつかれる度に口にしていたので、彼が選んだなら当然、彼が見初めた相手なのである。

なら、噂なんて吹っ飛ばしておくに越したことはない。

そのことは、誰にも言っていないけれど。

ミッフィーユとしても、そんな噂があったら結婚相手なんて見つけづらいし。

「あの、ミッフィーユ嬢」

「はい！」

あーんが出来てご満悦のミッフィーユは、いつまで経ってもカチコチなフォッシモ様を可愛いと思いながら返事をして。

「その、これを」

と、小さな箱を差し出してくれる。

開けてみると、そこには可愛らしいブローチ。

「まぁ！　素敵ですわ！　これをわたくしに!?」

「はい。贈り物、です」

「嬉しいですわ！」

「あの、それと」

「はい！」

ゴクリと唾を飲んだフォッシモ様が、緊張した様子で口を開く。

「その、私と、結婚を前提に、正式にお付き合いしていただけませんか？」

と、問われて、ミッフィーユは固まった。

「あの……？」

不安そうな顔をするフォッシモ様を、チラリと上目遣いで見て、ミッフィーユは頬を染める。

――フォッシモ様ったら！

こんなに早く交際を申し込んでくれるだなんて！

嬉しく思いながら、ミッフィーユは満面の笑みで答えた。

「はい！　喜んで！」

そんなミッフィーユが、アレリラをお姉様と呼ぶほどに仲良くなったのは。

アーハちゃんに誘われたお茶会でのことだった。

第五章　お茶会をいたします。

「ねぇ～、アレリラ様ぁ～？」

「何でしょう、アーハ様」

帝都にある、ペフェルティ家のタウンハウス。

約束通りにアーハは、アレリラをお茶会に招いてくれた。

そして数度交流した後。

本日はこの後のお茶会ついでに届けた、金山査察の予定と、その相談なのだが。

「えっと～、ワタシ、うちの領に新婚旅行とかどう～？　ってご提案したはずなんですけど～」

「はい」

「何でそれが、査察になっているんですかぁ～？」

「実益を兼ねての新婚旅行ですので」

アレリラは、淡々と答えた。

宰相位にあるイースティリア様は多忙である。

当然秘書官であるアレリラも、二人つけてくれた秘書官候補のお陰で実務は減っているものの、今度は彼らの育成という方向で忙しい。

そんな中での数週間の新婚旅行ともなれば、ある程度準備して出かけたとしても、業務が滞るのは必至。

休暇の間に溜まる仕事はなるべく減らしたい、という意向が、イースティリア様とアレリラの間で一致し。

「旅行のついでに済ませられる出張は、この際一緒に済ませてしまおうということです」

「この予定だと、旅行がついで、になっている気がするんですけどぉ～!?」

珍しく困惑しているアーハに、アレリラは首を傾げる。

「査察と観光の比率は、半々程度に抑えておりますが」

「普通は観光１００%だと思うんですよぉ～！」

言われて、アレリラは予定表に目を落とす。

以前ボンボリーノが、学生時代にアーハたちと出かけたという、マイルミーズ湖への観光。

そのついでに、水路の先に向かって、評判が良いという街の上下水路の見学と技術者との懇談。

次いでその水路の設置が最も進んでいる、その街での観光。

交易に適した位置にあり、風光明媚で国内有数の観光地へと発展を遂げている、ペフェルティ領内の交易街。

滞在中に、異国からの輸入品の価格調査結果と実態のすり合わせ、現地商人への聞き取り取材。

その後に関しては、特にペフェルティ伯爵側へ伝える必要がないので持ってきていないが。

ダエラール領に数日間、里帰りを兼ねて滞在し、領の現状を見て回って問題をピックアップして弟に渡す。

弟が爵位を引き継ぐに当たり、人脈として得ておいた方が良い繋がりなどをイースティリア様からフォッシモに、交流がてら講義してもらう予定もある。

そのまま西へ向かい、辺境領へ至る交易路の整備状況を把握。

もし何かしら不便を感じるようであれば、宿の設営を国家主導で行うか否かの判断と、設営を行う場合の土地の選定。

辺境では、現在食料が輸入に頼る比重が増えている辺境伯領地での、穀物栽培状況を視察し。

最後に隣国のサーシェス薔薇園がある土地に向かって、観光と今後発展が見込める産業の解説を受けて、帰国予定である。

イースティリア様と共に過ごし、様々な方と交流を図る、我ながら有意義で素晴らしい旅行日程だと思う。

「やはり、特別問題があるようには思えませんが……」

「休暇ですよぉ〜!?　休み！　ホリデー！　お楽しみですよぉ〜!?」

「ええ、知らない技術や馴染みのない産業に触れることが出来る、絶好の機会です。とても胸が弾みます」

「本当にそれが楽しいんですかぁ～!?」

「わたくし個人としては、楽しいと感じている、と言って差し支えないかと」

アーハはボンボリーノ同様、実用的なものへの知的好奇心が、あまり理解出来ないらしい。

イースティリア様とは、視察日程の資料を前に幾らでも話が弾むのだけれど。


――何故でしょう？


そんな疑問を抱きつつ、アレリラは問いかける。

「アーハ様も、例えば、ご実家で商売の種になりそうな『儲かる』品を見つけたりするのは、心が躍るものではありませんか？」

「そう言われると、それは楽しいかもしれませんけど、そうじゃなくてぇ～、こう、美味しいものを食べたり二人でイチャイチャしながら遊ぶのは、もっと楽しいじゃないですかぁ～！」

「ええ。食材とそれに関する調理法や、日持ちがして保管が容易な作物なども見つかると良い収穫になりますね。今後、帝国内でも、もっと観光やレジャーなどが盛んになれば、地域の振興に繋がりますし」

「そういうことじゃないぃ～！」

結局意見は合わないままだったものの、アーハと話すのは気が安らぐ。

その後、まだまだ暖かい季節なので庭に用意されたお茶会の席に向かうと……そこに見知った顔を見つけて、アレリラは軽くまばたきをした。

――――あれは……。


まず目に入ったのは、ストロベリーブロンドの髪をした可憐な公爵家ご令嬢、ミッフィーユ様。

それと以前、婚約後初の夜会の時、彼女の横でアレリラの『お飾り』の噂を囀（さえず）っていた、三人のご令嬢がただった。

「アレリラ様、お久しぶりですわ～！」

「どうぞこちらにお座りになって！」

「またお会い出来て光栄です～！」

キャッキャウフフと、嬉しそうに三人娘は円テーブルのちょうど二つ空いている席を勧めた。

以前の意地悪そうな雰囲気から一転して、屈託のない様子だ。

ミッフィーユ様も、親しげな様子でアーハに声を掛ける。

「ささ、アーハちゃんもどうぞ！」

――ちゃん？


ミッフィーユ様の呼び方に、違和感があった。

間違っても、八つも年上の夫人に対する呼びかけ方ではない。

そしてここは、ペフェルティ伯爵家のタウンハウスなので、席をお勧めするのは主催者のアーハの方だと思うのだけれど。

アレリラは疑問を覚えたが、当の彼女はまるで気にした様子もなく。

「あら～、それじゃ失礼してぇ～」

と、ニコニコと席に着いた。

戸惑いつつも腰掛けたアレリラが、チラリとミッフィーユ様に目を向けると、彼女はパチリと片目を閉じてみせた。

「ご紹介いたしますわね、アレリラお姉様！　こちら、ロンダリィズ伯爵家ご令嬢のエティッチ様、シンズ伯爵家ご令嬢のカルダナ様、お祖父様がバルザム王家の先々代王弟であらせられる、ランガン子爵家ご令嬢のクットニ様ですわ！」

それぞれのご実家の情報を、アレリラは脳内貴族年鑑をめくって思い出した。

まずは、エティッチ様のロンダリィズ伯爵家。

『貴族たるもの、悪辣たれ』という変わった家訓をお持ちの名家で、現在の当主は、北東の隣国との戦争を終結させ、領地間横断鉄道を開通させたという英傑である。

エティッチ様は、当主の三人いるお子様の次女で末っ子に当たる。

お顔立ちは整っていて、白い肌に黒髪、赤い瞳を持つ可愛らしい雰囲気の方である。

宰相秘書官としても無視出来ない勢いのある家門なので、交流を持っていて損はない家だ。


次に、カルダナ様のシンズ伯爵家。

こちらは、現当主の奥様が、南東にある大公国から嫁いでこられている方であり、あちらの国は現在情勢がきな臭いので、そちらにパイプがある方との繋がりが出来るのはありがたい。

カルダナ様ご自身は明るい青の髪と瞳を持つ、少し大人びた雰囲気の方だ。

こちらも、ウェグムンド侯爵家としては繋がっていて損はないだろう。


最後に、王室の傍系であるランガン子爵家。

少し血縁の遠い下位貴族だが、現子爵夫人が王姪様と仲が良い。

その王姪様ご自身は、東のライオネル王国の侯爵家に嫁がれており、アレリラたちが新婚旅行で最後に訪れる予定のサーシェス薔薇園はこの侯爵領にある。

事前の情報収集が可能かもしれない。

クットニ様ご本人は、浅黒い肌をお持ちで、緑の澄んだ瞳が印象的な方だった。

――紹介されてみると、ミッフィーユ様のお側にいた理由が分かりますね。

皆様ご自身は割と目立たない立場であるものの、繋がりを含め力のある貴族家の令嬢だ。

アレリラは、膝の上に手を揃えて、きちんと頭を下げた。

「改めまして、ウェグムンド侯爵家のアレリラと申します。どうぞよろしくお願いいたします。アーハ様と、こちらのご令嬢方はどういった繋がりで？」

「少し前のお茶会でぇ～、ミッフィーユちゃんから紹介されましたぁ～！」


――ちゃん？


アーハの方は、年齢的にはおかしくないが、これもまた、家柄が上のご令嬢に使う愛称ではない。

しかし二人とも、それがまるで自然なことであるかのように振る舞っていた。

「そうなのですわ、アレリラお姉様！　アーハちゃんもこの三人を気に入ったみたいなので、どうせならとアレリラお姉様のいるお茶会に呼びましたの！」

ニッコニコのイイ笑顔でミッフィーユ様が答えると、御三方はビクッ、と肩を震わせる。

力関係が如実に分かるやり取りだけれど、何で彼女たちは怯えているのだろう。

「えええええーっとそのぉ、せ、先日は失礼いたしました！」

三人を代表して、エティッチ様が謝罪を口になさる。

残りの二人も、それに合わせて頭をペコリと下げられた。

「先日……」

失礼したと言い、謝罪をしたということは、おそらくミッフィーユ様の味方をするために、当て擦り(こす)を口にしたことに対してだろう。

が。

「特に気にしておりません。お気になさらず」

そうアレリラが口にすると、すんなり許されると思っていなかったのか、エティッチ様たちが目をぱちくりさせた。

事情がよく分かっていないからか、『?』とキョロキョロするアーハ。

『それで良いのか?』とでも言いたげに目で問いかけてくるミッフィーユ様に対して、アレリラは一言添える。

「同様の勘違いを、わたくしもしていたので」

お飾りでしょう、と言われても、あの時点では事実だと思っていたので、特に問題はない。

あの程度の嫌味なら、普段仕事で相手をする貴族の殿方の方がもっと露骨に侮った態度を取ってきたりするので、会うまで彼女たちにされたことを忘れていたくらいだ。

だから、淑女の微笑みで告げた。

「今後仲良くしていただけると、嬉しいですわ」

何せ、アレリラは友達が少ない上に噂話に疎い。

有力な家とのコネクションも今後は多少作っていかなければ、侯爵夫人としてもやっていけないだろう。

年嵩（としかさ）の夫人がたは、前侯爵夫人である義母のツテで顔を繋げるけれど、お若い方々にも人脈を広げて損はないのだ。

アレリラの対応に、三人娘はホッとした顔を見せた。

アーハほどでなくとも表情を隠すのが上手くないので、きっと今後ミッフィーユ様がご指導なさるのだと思われる。

主催者である彼女が明るく話題を振り、場が和んできたところでミッフィーユ様が言った。

「アレリラお姉様、あの美肌クリームの製造は順調ですの？　もうすぐいただいた分がなくなりそうなんですけれど！」

そう問われて、アレリラは、イースティリア様が、ミッフィーユ様にもご協力いただいた、というクリームの件を思い出した。

「大成功です。現在、増産の体制に入っているようです。注文も多数いただいておりますので、ミッフィーユ様もご入り用であれば、今伺っておきますが」

後に聞いたところによると。

イースティリア様は、アレリラとミッフィーユ様に渡した美肌クリームの効果が十分に出るタイミングを計算されていたらしい。

丁度、アレリラが夜会で本格的に侯爵夫人として活動する頃合いに合わせたのだと。

結果として、イースティリア様の目論見(もくろみ)は成功した。

肌の美しさを褒められた時に、きちんとクリームをアレリラとミッフィーユ様が宣伝したことで評判になり、かなり高額に設定されていたにも拘わらず、買い求める貴婦人が殺到したのだ。

「無事に、開発者である小領主は、男爵に叙されたそうです。イースティリア様の采配に、わたくしは深い尊敬の念を抱いておりますわ」

アレリラがそう告げると、ミッフィーユ様はこちらにビシッと指を突きつけ。

「もう、お姉様！　そういうことを他の人に話す時には、うっとりした顔で、自分が美しさを保てるように気遣ってくれた旦那様に、さらに深い愛情を抱いた、とかにしないとダメですわ！」

と、お怒りになった。

指を突きつけるなど、淑女として非常にはしたない行いであることを指摘するか、疑問を口にするか悩み。

アレリラは後者を選んだ。

「ダメなのですか？」

「ええ！　そうすることによって、ご婦人方が旦那様に広めるのです！　『イースティリア様はこんな風に奥様を気遣っていらっしゃるのに、貴方ときたら。わたくしにもクリームの一つでも買ってください』と！　妻に責められた殿方は、大人気のそのクリームを手に入れようとなさる。しかし手に入らない。妻の機嫌を取りたい殿方は、『どうだろう、一つ高値で買い取ろう』と持ちかけてこられることでしょう！　分かりますか!?」

なるほど、とアレリラは頷いたものの、いまいちよく分かっていない。

「高く売りつけるチャンス、ということでしょうか?」

「いえ、売らなくても良いんですけれど！　ただでさえ手に入りにくいところにさらに顧客を取り込む流れを作れば、希少性が増すのですよ！」

そういうものらしい。

アレリラは今まで、ダエラール領でも宮廷でも、領地を預かる貴族の一員として、あるいは宰相閣下の秘書官として、『いかに民に広く、有意義に富を還元するか』ということしか考えてこなかった。

そのための一手段として、作物や製作物の検討はしたことがあるが、本当に希少な宝玉以外でも、足りないことを逆手に取って希少価値を上げる、というようなことが出来るというお話は、新鮮だった。


ちなみに三人娘はドン引きしている。


「あまりにも現実的ですわ、ミッフィーユ様……」

「そのように、人を利用するなど恐ろしい……」

「わたくしたちも手玉に取られるわけですわね～……」

アーハは、どちらかといえば首を傾げていた。

「商売的には、当たり前のことよねぇ～？」

「そうよね、アーハちゃん！」

「ええ、ミッフィーユちゃんは商人の才能あると思うわよぉ～！」

二人は意気投合したようだった。

それから、美肌クリームのことを初めて聞いたらしい三人娘とアーハに質問されて答えると、皆欲しがったので予約リストに加えておいた。

今で三ヶ月待ちくらい。

増産体制が整えばもう少し早くなるとは思うのだけれど、今はこれが限界だった。

やがて話題は移り変わり。

「そういえば最近、ウルムン子爵が『バカにするのなら仕事を辞めてやる！』とお兄様の派閥と距離を取るかのような発言をなさっているのだけれど、アレリラお姉様はご存じ？」

「いえ、初耳です」

あまり人の管理が上手くないとのことで、金山の職人の管理者から外した人物の名前が出てきたのを、不思議に思っていると。


三人娘が顔を見合わせて……同時に、ニヤリと笑った。

非常にワルい顔をしている。

「それなら、わたくしたち耳寄りの情報がございますわ！」

どうやら、噂話が大好きなご様子で、一気にイキイキし始めたエティッチ様に、話題を振ったはずのミッフィーユ様が苦笑している。


――なるほど、こういうご令嬢がたなのですね。


納得した後、自分の知らない貴重な情報を収集しているらしい彼女たちの話に、耳を傾けた。

「ウルムン子爵は、未だに奥様がおりませんのよねぇ～」

「というのも、婚約前から縁談を持ちかけたご令嬢に、夜会で距離をガン詰めしすぎて引かれてしまうのですわ！」

「そしてお断りされると、やけ酒して周りに絡みますのよ～」

「そういうことが何回もございましてねぇ～」

「なぜか反省の色がなく、周りから敬遠されていったのですけれど」

「それをお諫めしたのが、ボンボリーノ様なのです～」

「そうしたらベロンベロンに酔ったあの方、なんて仰ったと思いまして～？」

「『俺の方が美形で有能なのに、爵位が高いだけのバカが偉そうに指図すんな！』と怒鳴ったそうですの！」

「それで皆に嫌われちゃったみたいなんですのよ～」

「残念ですわねぇ、仕事が出来ると評判で顔は良いのにぃ〜」

「ボンボリーノ様を真正面から罵倒したせいで、周りの方々から反発されてしまって」

「ボンボリーノ様は気さくで人気がございますのに、あの方は少し視野がお狭いのですのよ〜」

うふふうふふと楽しそうに、本当に楽しそうにウルムン子爵について暴露を始めた三人娘に。


――なるほど。


だからミッフィーユ様は、彼女たちにお灸を据えられたのですね、と、アレリラは納得した。

人の悪い噂をイキイキと語っている三人のお顔は、それだけ見れば頬を染めて目を潤ませ『恋の話でもしているのかしら？』と思うくらい、可愛らしいものに見える。

しかし、いざその内容を聞かれたら殿方から心底敬遠されてしまうのでは……と思うくらい、黒かった。

百戦錬磨と呼ぶにはまだ幼く、外面に出てしまっている分、なおさらそう感じるのかもしれない。

その点、ミッフィーユ様はアレリラでも分からなかったくらい、猫を被る時は完璧に被っていた。

さすがは公爵令嬢、と、話題から外れたところで感心していると。

「いや〜ん、ボンボリーノったら、そんなに人気があったのねぇ〜！　流石うちのダーリンよぉ〜！　まぁ、イースティリア様には劣るけどぉ〜！」

猫を被らない女性筆頭であるアーハが、ニコニコと胸の前で指を組みつつ、身を乗り出す。

ボンボリーノが褒められて嬉しいという気持ちが前面に出ていた。

――でもそこは、あえて比べて下げなくてもいいのでは？

もしかしたら、ボンボリーノとの婚約破棄の件も含めた、アレリラへの配慮なのかもしれないけれど。

そして、これをボンボリーノ本人に聞かれていたとしても、お互いに気にしないのでしょうね、と、そう思うくらいには貶（けな）し言葉に悪意がない。

これも一種の才能なのだろう。

きっとアレリラがイースティリア様のことをそんな風に貶したら、本気で言っているようにしか聞こえないに違いない。

するとそこで、もう一人何を言っても明るく許される女性、ミッフィーユ様が反論する。

「あら、アーハちゃん！　わたくしならボンボリーノ様の方がいいですわ！　あのムッツリ無愛想お兄様は、思ったことをめちゃくちゃ辛辣に言うのですよ!?　笑って何でも肯定してくれるボンボリーノ様のが良い男ですわ！」

「そんなことないわよぉミッフィーユちゃん！　ボンボリーノは何も考えてないだけよぉ〜。イースティリア様の言ってることは、なるほど確かにって納得出来るじゃな〜い！」

「でも口うるさいですわ！　『気が強いのは美点だが、口さがなさは下品としか思わん』だとか

『惚れた腫れたの前に、公爵令嬢としての教養と礼節を身につけたらどうだ』とか！　ヒドいんですよ！　ねぇアレリラお姉様も言われてますでしょう!?」

そう問われて、アレリラは考える。

失敗した時、過去の話をした時。

こうすれば良い、もったいない、などは言われたけれど、彼の口からアレリラ自身の至らない点について、何らかの注意を受けたことは……。

「……ございませんね……」

「え？」

「礼儀礼節、教養や知識。不手際や欠点。そうしたものについて、イースティリア様からなんらかのご注意を受けたことはございません。不足している点について、展望の解説や教導を受けたことはございますが……」

いくら思い返してみても『君にはこうした問題がある』等の言葉を、受けた覚えがなかった。

「う、嘘でしょう!?　あのお兄様が!?　お父上やお母上の不手際にまでも容赦なく言及するあのお兄様が!?」

ミッフィーユ様がショックを受けたように目を見開く。

「ない、と思います。わたくしの所作や準備に対してお褒めの言葉はよくいただきますが……」

何か自分の方がおかしいのだろうか、とアレリラは不安になった。

注意というものは、成長が望まれる者に対して行うことのはずだ。

となると、イースティリア様はアレリラに初めから成長を期待していなかった、ということなのだろうか。

そう思っていると。

「お兄様……ズルいですわ……!!　好きな女性だけは甘やかして、良い顔をしていたのですわね……！　無愛想じゃなくてムッツリ仮面野郎だったなんて……！」

「ミッフィーユちゃぁん、流石に言葉が汚なすぎよぉ～！　あと多分、アレリラ様は昔から非の打ち所がない皆のアコガレだったから、注意するようなことがないのよぉ～！　きっと自分で色々気づいちゃうから～！」

「……確かに……！　アレリラお姉様ですものね。あのお兄様ですら口を挟む余地なく完璧だったのですわ……！」

「そういうことではないと思いますが……」

というアレリラの否定は、むぎぎぎと扇を噛み締めるミッフィーユ様と、カラカラと笑うアーハの二人に無視されてしまった。

「確かに、アレリラ様は完璧ですものねぇ～」

「ミッフィーユ様ですら、お見劣りするくらいですわ」

「こうして二人を見てみれば、なんであんな噂で勘違いをしてしまったのか、己の不明を恥じ入りますわね～」

どうやらウルムン子爵への悪口攻撃で気が緩んだのか、ナチュラルに三人娘が煽ると。

「貴女がた！　そーゆーところですわよと申し上げておりますでしょうッ！　二度とお茶会にお呼びしませんわよ!?」

「「ヒィ！　申し訳ございません!!」」

ギッ！　とミッフィーユ様に睨まれて、お三方が慌てて謝罪した。

音もなくお茶を口に含んだアレリラは、そのまま空気を変えるためにさりげなく話題を戻す。

「エティッチ様。先ほどのお話でウルムン子爵のお人柄は理解出来ましたが、それが何故、派閥離れに繋がるのでしょう？」

「それはもちろん！　イースティリア様がウルムン子爵を重要な地位から外した、ということが知れ渡ったからですわ〜！」

「え……？」

アレリラは、訝しんだ。


——あの書類は各所に回す前のものだったのですけれど。


つまり正式な内示よりもさらに前の、人事案である。

その話が漏れた、というのなら、重大な問題だ。

イースティリア様がそのようなことを口になさるはずがなく、アレリラも同様に誰かに伝えていない以上、関わっているのは……。

「アーハ様……あの場での話を、どなたかに話されましたか？」

「まさかぁ～！　だってアレって凄く大事な部下決めの話でしょぉ～？　お父様だって下の人間をどう選んだかなんて話、他所(よそ)ではしないしぃ～……って、あ」

アーハはそこまで言って、サッと青ざめる。


「あの話、ボンボリーノに口止めしとくの忘れてるかもぉ～ッ!!」


その反応に、アレリラは深く深く嘆息する。

「わたくしも迂闊(うかつ)でした……八年ほど会っていなかったので、扱いを忘れておりました」

「ごごご、ごめんなさいぃ～！」

「いえ、アーハ様のせいでは」

そう。

ボンボリーノに大事な話をした時は、あらかじめ『これを話してはいけません』と口頭で伝えなければいけないのだ。

でないと、見聞きしたことが重要かそうでないかを彼は考えないので、『ついうっかり』口を滑らせてしまうことが多いのである。

「……イースティリア様に、お伝えしなければなりませんね」

ウルムン子爵は、確かに少々人柄に問題はあるのかもしれないが、仕事面では紛れもなく優秀な方なのだ。

イースティリア様としても失いたくない人材であろうことは、アレリラも理解出来る。

慌てたり謝ったりと忙しいアーハを宥め、残りの方々にもこの場でのことを口止めしてから、アレリラは暇を告げた。

第六章　胸の内を明かします。

「なるほど。それは少々問題だな」

休暇を取って赴いていたお茶会から帰り、帰宅したイースティリア様と食事を摂る際に、アレリラはウルムン子爵の件を報告した。

すると彼は、微かに眉根を寄せる。

起こった問題に対して、何か思案する時の表情だ。

「ウルムン子爵は、有能なお方と聞き及んでおります」

「事実だ。手際が良く的確な采配を行う。確かに、少々人間関係を軽視する面はあるが、個々人の能力に合わせた割り振りに関しては問題がなく、数字や報告の誤魔化しにも厳しい」

「効率の良い運用をしたり、不正を未然に防いだりする能力がおありなのですね」

「そうだ」

ということは、やはり彼の反感を買い、やる気を削いでしまうのは大きな問題がある。

帝国は広大なため、有能な人材はいくらいても足りないからだ。

そもそもからして、全てにおいて問題のない人などほとんどいない。

だから、得意不得意を見極めて仕事を振り分けるのである。

犯罪的な意味で素行に問題があるのならともかく、酒癖が悪く、人付き合いに多少難があるくらいなら、許容範囲なのだ。

サラダにサクッ、とフォークを刺して口に入れたアレリラは、舌に感じたドレッシングの微かな甘みと香りにわずかに目を細めると、側に控えていた侍女長、ケイティに向けて手を上げた。

「何かございましたか?」

「ドレッシングに、おそらく煮て濾した人参の汁を使っていますね。イースティリア様は甘みのある人参を少々不得手としておりますので。お出しする際はドレッシングやグラッセ等のように煮たり蒸したりせず、塩や胡椒で焼いたものなどにするよう、料理人にお伝えください」

アレリラの言葉に、軽く眉を上げたケイティは、すぐに頷いた。

「畏まりました」

「気づいていたのか?」

イースティリア様も、アレリラがそれを知っていたことを不思議に思ったのか、そう問いかけてくる。

「食の好みというものは、重要です。舌に合わないものを食した後は気分が沈み、業務に差し障りが出ることもございますので、イースティリア様の嗜好は極力把握するように努めております」

秘書官として側に仕え始めた頃からの習慣で、お得意でないものを食された時は、いつもより皿の料理が減る速度が遅く、口の開き方が小さい。

また茶や酒、菓子に関しても、甘いものよりは辛いものを好み、瓜科は野菜も果物も苦手で、ミントなど爽やかな香りを持つものは好む傾向にある。

表情には出ず、イースティリア様は出されたものに対して口出しはされないので、アレリラが気づくたびに宮廷料理人に伝えていた。

「苦手なものが宮廷で出てこなくなったのは、君の采配のおかげか」

「差し出がましいことをして、申し訳ありません」

本人に伝えるつもりはなかったが隠すつもりもなかったアレリラは、気に障ってしまった可能性を考慮して、頭を下げる。

しかしイースティリア様は、それに対して微かに頭を横に振った。

「いや、問題はない。嬉しく思う」

「恐縮です」

話を遮ってしまったアレリラは、次に鶏のソテーに手をつけながら、再び話題を戻した。

「ウルムン子爵の件については、どうなさいますか？」

「失策だが、良い機会だと捉える。王太子妃殿下が、国の事業として行う大街道の整備事業が今後あるのだが、彼にその一部を取り仕切らせてみよう。総括が妃殿下となるため、問題が起これば妃殿下の責となる」

「軽々しく問題は起こせない、ということですね」

「それもある。が、対人関係についても緊張が伴うことが重要だ。『どのようにすれば問題が起こらないか』という点を学ぶ、いい機会だろう。身分を理由に下の者を軽視する振る舞いが見受けられるという報告もあった以上、対人面に関して幾つかの注意をした上で、経過を観察しよう」

「もし改善されなければ、どうなさいますか？」

「これ以上の重用は出来ない、と判断することになるだろう」

アレリラはひとまず頷いて、考える。


大街道整備は、今回は北の国との人的・物的交流を強化するために行うもの。

向こうの公爵と縁を繋ぎ、領地間横断鉄道を敷き、娘を嫁がせたロンダリィズ伯爵の領地に向けて整備される。

北の国とは近年、友好関係にあるが、以前は敵国だった。

なので、流石に帝都まで直線で来られる鉄道を延ばすわけにはいかないため、ロンダリィズ領を経由して鉄道を敷くための第一歩である。

国力強化の大事業だ。

そんな大事業の一端を担わせるほど、イースティリア様がウルムン子爵の能力を買っておられるのなら、欠けた部分があることで評価を落として、ただ手放すのはもったいない。

――まずは、問題の根を摘むことが重要ですね。

「ウルムン子爵の件について、お茶会で詳しい話を聞いたのですが」

「重要なことか？」

「はい。個人的には人と軋轢を起こす原因は、身分差よりも性格の問題なのではないか、と感じました」

アレリラ自身も、人から近寄り難いと、長い間思われていた。

今でもさほど改善はされていないが、少なくとも業務上ならば、円滑にコミュニケーションが取れるようにはなっている。

その軋轢の原因の多くは、アレリラの率直すぎる物言いにあった。

「ウルムン子爵は、おそらく少々気が短く、その上で人と適切な距離感を摑むのが苦手なのではないかと。私の場合であれば、誰に対しても一律に対応することが問題でした」

上司であっても同僚であっても部下であっても、その業務に瑕疵があれば、アレリラは同じように指摘していた。

その態度が『生意気だ』と上司や年上、あるいは男性の同僚から反感を買い、当時の直属の上司であったオースティ氏に『伝え方の問題』と指摘されたのだ。

そこで、個々人ごとに伝える際の言い方を変えた結果、円滑に仕事が出来るようになった。

「彼の場合は、爵位や立場が上の者であれば、問題なく対応出来るようです。イースティリア様の評価が高いのも、それが理由の一つかと思われます」

「一理ある」

「業務とは関係のない部分だと、婚約者候補の女性に最初から近づきすぎて関係が発展しないこと、酒席でペフェルティ伯爵に注意を受けて、暴言を吐いた、という具体例も提示されました」

つまり女性や、自分より何らかの能力が劣ると感じている相手、そして立場が下の者への対応、が今のところ問題だということになる。

「ふむ。……例えば、有能な女性と組ませてみるのは？」

「それも対応策としては有効ですが、相方となる方に負担をかけることになります。モノの見方を変える、という視点でご提案したいのは、女性や他者がウルムン子爵よりも優位な場を設けて、経験を積ませることとです」

「具体的には」

「そうですね……彼になんらかの趣味があれば、それに関しての討論やゲームを、酒が入らないような環境で実施する、などが有効な手段かと」

そこでイースティリア様は食事を終えられ、口元をナプキンで優雅に拭いつつ、一つ頷いた。

「ウルムン子爵は、釣りや家庭菜園、庭造りを趣味としているそうだ」

「意外ですね」

それが、アレリラの率直な感想だった。

短気で行動的な印象のある男性だったので、そうした物静かな、一人で嗜む趣味を好んでいるとは思わなかったのだ。

「そうか？」

イースティリア様は、意外だとは思っていないようだった。

「私が見聞きした情報と合わせると、ウルムン子爵は、人と話すことが元々不得手だ、という印象だが。故に人と関わるのが苦手で一人でいることを好み、ますます距離感を摑めないのでは？」

「では、短気と感じるのも、慣れない分、人の言葉を率直に受け止めてしまうから、でしょうか」

「可能性は高いな」

「……では、わたくしの方で一人、そうした趣味に理解がありそうで、かつ人のあしらいが上手いご令嬢に、心当たりがございます」

「ご協力いただけそうか？」

「おそらく、面白がるのではないかと。ロンダリィズ伯爵家は変わった家訓をお持ちで、そのために一通りご自身で全て身の回りのことができるように仕込まれる、というお話を伺いました」

「エティッチ・ロンダリィズ伯爵令嬢か」

イースティリア様は、家名を口にしただけで、該当する令嬢が分かったようだった。

「ロンダリィズ伯爵は、ご自身で畑の管理をなさる方だ。可能性はあるな」

「ええ。打診いたしますか？」

「ご令嬢自身に問題がないようであれば、頼めるか」

「承りました」

アレリラは頷き、出された食後のお茶に口をつけた。

そして、ふと思い出す。

アレリラは、イースティリア様にこうした形で指導を受けた経験がないことと、それが、期待されていないからなのではないか、と感じたことを。

「それで、何が気になっている？」

「何のお話でしょう？」

お互いに入浴を終えて、夫婦の寝室に戻ると。

先に帰っていたイースティリア様が、果実を搾ったジュースの入ったグラスをコトリとテーブルに置いた。

イースティリア様は、普段、晩酌をあまりなさらない。

食事の際にワインを嗜むことはあり、さほど弱くもないらしいけれど、好んで口にするほどではないそうだ。

アレリラも同様なので、あまり気にしたことはない。

立ち上がり、近づいてきたイースティリア様は、湿った髪が夜着を濡らさないよう、タオルをかけているアレリラの肩に手を置いた。

そして、笑むようにわずかに目を細める。

「ウルムン子爵の話をした後、何かを思い出したようなそぶりを見せていた」

そう言われて、アレリラは驚いて彼の顔を見上げる。

「気づいておられたのですか？」

「君が私をよく見ているように、私も君のことを見ている」

その声音に、慈しむような色が滲んでいる気がして、アレリラは嬉しさと恥ずかしさを感じて、ツイ、とわずかに目線を逸らす。

「大したことでは」

「大したことでなければ、私に話すことは出来ないか？　夫婦になった身としては、寂しい物言いだと思ってしまうが」

言いながら、イースティリア様が不意に顔を寄せて、唇同士が軽く触れ合う。

柔らかく、お風呂上がりの湿った感触に、アレリラは自分の頬が火照るのを感じた。

アレリラは、年齢こそ既に子の一人二人いるご夫人と似たようなものではあれど、ボンボリーノとの婚約を解消して以来八年、殿方に仕事以外で近づいたことがなく、経験が乏しい。

ましてボンボリーノとですら、エスコートとダンス以外で触れ合ったことがなく、夫であるイースティリア様と閨を共にする今でも、こうしたスキンシップには慣れなかった。

嬉しさもあるけれど、それよりも恥ずかしさが先に立ってしまう。

知らず知らずのうちに顔を伏せていると、イースティリア様が笑みの吐息をこぼし、そっとアレリラの濡れた髪と頬の隙間に手を差し込んだ。

わずかに力を込めて、顔を上げさせられる。

滑らかだけれど骨張った大きな男性の手の、ペンダコの部分が耳に触れて、アレリラは軽く肩に力が入る。

「可愛らしいな、アレリラ。君のこうした一面は、仕事だけの付き合いでは見られなかった」

「……申し訳ありません」

「何故謝る。私は喜んでいるのだが」

そう告げて、イースティリア様が言葉を促すように首を傾げると、長い銀髪がサラリと流れる。

美麗なお顔を間近に見つめて、胸が高鳴るのを感じながら、アレリラは情けなさを覚えた。

「この歳になって、殿方と触れ合うことに慣れないなど、恥ずかしいことでございます」

「今まで君が貞淑であった証だろう。何を恥じることがある。君が私を好ましいと思ってくれているからこそ、照れているのだろう?」

「……お慕いしております」

「ならば何も問題はない。ただ一人、君のそんな姿を見られることが、私は嬉しい。年齢を理由に、自分を卑下する必要はない」

「ですが。……イースティリア様はそのように、いつだって、わたくしの振る舞いに苦言を呈されません」

アレリラが話している最中に思い出したのは、アーハらとのお茶会での会話だった。

イースティリア様は、誰であれ瑕疵があれば注意なさる方だと、ミッフィーユ様は仰ったのに。

「今のように、全てにおいて自分が完璧な振る舞いが出来ていないことは、わたくし自身が理解いたしております。にも拘わらず、イースティリア様が他の方になさるように、わたくしに問題を指摘したことは一度もございません」

「必要がないからだ」

「それは、わたくしには成長が期待出来ない、ということでしょうか」

わずかに眉尻を下げたアレリラに、イースティリア様は小さく苦笑した。

「いや、逆だ。君は少し話すだけで、自分の問題点を理解して改善しようとする。私がわざわざ苦言を呈するまでもなく。君には、あまりにも当たり前のことで分からないのかもしれないが」

イースティリア様は、そっとアレリラの肩を抱き寄せると、そのまま抱きしめた。

「アレリラのように聡い者は、稀有なのだ。その思慮深さが自信のなさや遠慮に繋がっているのなら、どうか自信を持って欲しい。私が君を認めているという事実に」

「認めている……ですか？」

お風呂上がりのイースティリア様からふわりと匂い立つ、石鹸の香りと火照った体に包まれて。

アレリラはおずおずと、彼の、思いのほか広い背中に手を回す。

「そうだとも、愛しいアレリラ。私は、君といることが心地よい。私は元来細かい質で、職務上ではそれを負担に感じる者も多くいたようだ。同時に、私も意思伝達や物事の理解に差があることに、苛立ちを感じることがあった」

それは意外な告白だった。

イースティリア様が苛立っているところを、アレリラは見たことがない。

あまり人の話を聞かないような方と会話をなさる際も、根気強く付き合い、理解を深めようと真摯にご対応なさっている、と感じていた。

「信じがたい話です」

「事実だ。王太子殿下や王太子妃殿下ですら、稀に私の話についてこられないことがあった。自分の方がおかしいのかと、気にしているというほどではなくとも、少々鬱屈していた部分もあった」

話が通じない、というのは、時に徒労感を伴う。

語れば理解してくれる相手でも。

自分では些細なことだと思って省いた部分が理解出来ておらず、改めて説明し直すのは、一つ一つは僅かな手間でも、積み重なれば気持ちがささくれ立つだろう。

「気にしなければ良い、と言われても、気になる。今手元にある仕事が、相手の行動によって僅かずつ滞る。頭では理解出来ても、気性は変えられん」

「理解出来ます」

周りとのズレや不和というものは、そうした部分から生まれるものだと、アレリラも知っていた。

決してこちらが間違っているわけではないのに、何故か理解されない、という思いを、きっとイースティリア様も数多く感じてきたのだろう。

「そんな時に、アレリラに出会った。君は言わずとも理解し、先に滞りなく手順を整えて、遅延しそうであれば事前に申し伝えてくれる。私の言いたいことを一言で理解し、同じ速度感で動いてくれる。……それがどれだけ、心地よいことだったか。アレリラ。私は君に救われたとすら思った」

「少々大袈裟では」

アレリラは、戸惑う。

あまり褒められることに慣れていないのもあり、こういう時にどう返せば良いのか分からなかった。

出来て当たり前と思われていたこともあるし、そもそもアレリラが何をしているのかを相手が理解していないことも多々あった。

つつがなく仕事が終わるように段取りを組むのが、当たり前だと自分でも思っていた。

「アレリラは、自分を誇っていいのだ。君に瑕疵などない。今も、自分を含めて『人は足りぬもの』と知り、自らが不足なきよう意識を配っている。……成長しようと常に努めているのだから成長を促す必要自体が、ないのだ。……成長しようと常に努めているのだから」

頬を撫でてくれたイースティリア様は、そっと体を離して、優しい瞳でアレリラを見つめる。

そのまま導かれて、二人がけのソファに、腰を下ろした。


「君に昔話をしよう。私から見たアレリラが、一体どういう人物なのか」

イースティリアがアレリラを初めて目にしたのは、15歳のデビュタントを終えてすぐに開催された、夜会だった。

その当時、貴族学校の卒業を間近に控えていたので、公務の折に関わる者たちに顔を売るために、王太子殿下の側近として参加していたのだ。

王太子殿下と、後に妃殿下となるウィルダリア公爵令嬢は、一人の女性に夢中だった。


――アザーリエ・ロンダリィズ伯爵令嬢。


隣国との戦争終結の立役者となった救国の英雄、グリムド・ロンダリィズ伯爵の御息女である。

〝傾国の妖花〟と呼ばれた彼女に夢中だったのは、彼らだけではなかった。

もちろん女性の身で御息女を口説いていたのは、当時から変わり者で有名だったウィルダリア様だけであったが、男性はほぼほぼ例外なく彼女に夢中だったと言って良いだろう。

どのような贈り物も受け取らず。

どのような誘いにも乗らない。

そこにいるだけで、視線一つ、指先の動き一つ、歩く姿一つで色香を振り撒き、微笑みや囁きでも得ようものなら、男たちは興味を引こうと前のめりになる。

——くだらん。


その、女のやっかみと男の性欲渦巻く狂騒を、イースティリアは冷めた目で見ていた。

気づかぬ愚鈍が多いが、かの少女は男を惑わす妖艶な女などではなく、中身は臆病で、男にも女にも、声をかけられるたびに怖がっている。

それに気づかぬ者たちに、彼女が靡(なび)くはずもない。

煩わしさもあってか、必要最低限の言葉しか口にせず、その言葉も相槌などの中身のないものばかり。


——何故、会話も成立していない相手に夢中になれるのか。


イースティリアには全く理解出来なかった。

故に彼女が参加する夜会では、常に騒ぎから離れ、必要な者にだけ声を掛けていく。

あの時もそうだった。

アザーリエという少女も、その他の連中も、イースティリアにしてみれば大した違いはなかった。

少し話せば、分かる。

すぐに底の見える、狙いが分かる浅い連中ばかり。

そうした相手とのやり取りに少し疲れた頃合いに、休憩がてらテラスに出ようとしたイースティリアの背後から、ふと会話が聞こえた。

「アザーリエ様は凄いねぇ～。色気ムンムンでモテるんだねぇ～」

「ロンダリィズ伯爵令嬢とお呼びください、ボンボリーノ様。そして皆様が縁を繋ぎたいのは、彼女ご本人ではなく、お父上のロンダリィズ伯爵かと」

まだ幼さの残る気の抜けた男の声と、それにしっかりと答えるご令嬢の声。

チラリと目を向けると、視線の先にいたのが、まだ名前も知らなかった頃のボンボリーノとアレリラだった。

背丈が同じくらいの二人は、踊るでもなく壁際に並んでいた。

「え～？　本当にそれだけじゃないと思うけどなぁ～？　本人は迷惑そうだけど、皆あの人に夢中だよね～？」

「おそらく、貞淑なお方ではあると思われますが。噂と違い、贈り物などを一度も受け取っておられないとか。以前、ロンダリィズ伯爵家と繋がりのある取引先の方が父に話しておりましたが、いずれ外国に嫁ぐことになるそうです」

「へ～。確かにまぁ、この国で結婚したら、旦那とフラれた奴らでケンカになりそうだねぇ～」


イースティリアは驚いた。

そこそこ顔立ちは整っているが、一見ヘラヘラと平凡以下にしか見えない観察眼の鋭い少年。

アザーリエにまつわる裏事情と実績面から、その人物評価を正確に行っている無表情な少女。

チグハグなその組み合わせと、会話の内容に。


――どこの者たちだ？


少し気にかかり、後で調べてみると、デビューしたてのペフェルティ伯爵家の子息と、ダエラール子爵家のご令嬢だった。

婚約者同士、ということで、子息が伯爵家を継いだ後には少し懇意にしておこう、と考えて、頭の片隅には置いていた。


しかし、それから五年後。


伯爵家から銀山発見の話が出て、子息の下へ赴いてみると、彼の横にいたのは別の女性だった。

少し話してみると、アーハという女性もボンボリーノ同様、一見あまりマトモそうには見えないのだが、しっかりした価値観を持っているようだった。

「以前、ペフェルティ伯爵は別の方と婚約されていたと思ったが」

「あ～、アレリラ嬢ですか～？　あの子、オレと釣り合わないから別れたんですよねぇ～」

「別れるなんてバカでしょぉ～？　ホントもったいないですよねぇ～！」

「あの子、今は宮廷で働いてますよ～。イースティリア様の秘書官とかにどうですー？」

「アレリラ様、向いてそうねぇ～！」

「そうだろ～!?」

二人してキャッキャと笑い合うのを聞いて、イースティリアは頷いた。

「調べてみよう。情報に感謝する」

そうして実際調べてみると、アレリラはかなり有能との噂だった。

周りとの軋轢は多少あるらしいが、詳しい内容を見てみると、どう考えても周りが愚鈍なだけ。


——もったいないことだ。


そう考えた、当時宰相補佐だったイースティリアは。

結婚していないことを理由に、宰相位につくことを反対していた勢力を黙らせて就任した後、アレリラを秘書官に召し上げた。

「ダエラール子爵家が長女、アレリラと申します。よろしくお願いいたします」

黒髪を一つ結びにして額を出し、以前見かけた時と変わらず無表情で、知性をたたえた瞳でこちらを見た彼女は、美しい所作で頭を下げる。

わざと地味にしているのか、ドレスも華やかではないが、完璧な淑女に成長したアレリラがそこにいた。

全ての仕草に意識が行き渡り、一分の隙もないその姿に、イースティリアは好感を覚える。

「宰相を務めている、イースティリア・ウェグムンドだ。これからよろしくお願いする」

「はい。宰相閣下のご迷惑にならぬよう、精一杯務めさせていただきます」

そうして共に働き始めて、少しした後。

イースティリアは、仕事中に苛立ちを感じることが、どんどん少なくなっていっていることに気づいた。

最初は慣れないアレリラに、いくつかの要望を伝えることも多かったが、彼女はそれが注意、叱責となる前に……それどころか、イースティリアがふと溢した、彼女宛てではない一言すらも拾って、一度で全てを改善していっていたのだ。

内心、舌を巻いた。


――何だ、この女性は。


人との関わりで、苛立ちを感じないことなどほぼなかったイースティリアにとって、アレリラはひどく興味深かった。

イースティリアの考え方についてくること、そのものが。

わずか15歳にしてその聡明さの片鱗を見せていたアレリラは、再会した後、その内面までもが立派に開花していた。

イースティリアは、自分の中に芽生えた感情の名前を知らなかった。

そうして、アレリラと共に仕事する間に、他人との些細なやり取りで苛立っていた気持ちすらも薄れてゆき、心地よい日々を過ごしていた。

次に気づいたのは、ふと気を抜いた時にアレリラを目で追う自分。


――今日も美しいな。


今まで、どんなに魅力的だと言われる女性にも感じたことのない思いを、イースティリアは抱き……その日、アレリラが些細なミスをした。

書類の数字を、ほんの一つだけ書き間違えている。

珍しい、と思いながらそれを口頭で伝えると、アレリラが恥じるように耳の先を赤く染め、わずかに目線を下げた。

他の誰も気づかないような、本当に些少な変化だ。

「申し訳ありません。すぐに訂正をいたします」

そう、心なしかいつもより素早く頭を下げて書類を受け取った彼女を。

——可愛らしいな。

イースティリアは、そう感じた。
書き間違いなど、他の連中であれば日常茶飯事。
大して重要な数字でもない上に、そもそもアレリラはそれをチェックしただけで、厳密には彼女本人のミスではない。
にも拘わらず、アレリラは随分と焦っているように見え、そこまで気にしなくとも、と思ったイースティリアは……。

そんな自分に、少し遅れて驚愕した。

他人のミスに苛立つこともなく、それを可愛らしいと思うなど、未だかつてなかったことだった。

——もしや。

イースティリアは一つの可能性に思い至り、王太子殿下に問いかけた。
「ある女性がミスをした際、恥じ入るような仕草を可愛らしいと感じた。今までなかったことだ」

「は？」

幼馴染みのレイダック王太子殿下は、まるで奇妙な珍獣を見るような目をこちらに向ける。

「有り得ないほどの恋狂いである殿下なら、こうした心の動きについてご存知ではないかと愚考した次第だ」

「謙(へりくだ)ってる風に見せて他人をナチュラルに侮辱する態度、マジでどうにかしろよお前！」

現在妃としているウィルダリア様と共に、アザーリエにアタックしていたことを公然の事実とされている殿下は、苦笑した。

「ああ、言ったのが普通の奴ならよくあることと言うところだが、イースティリアだからな。間違いなくそいつは恋だ。お前が他人のミスを可愛いと感じるなんて、青天の霹靂(へきれき)だ」

「そうか」

イースティリアは頷き、準備を始めた。

まずは下調べ。

アレリラに現在、特定の相手はいない。

次に聞き込み。

アレリラから上司であるイースティリアに対する愚痴はなく、尊敬していると口にしている、という多くの話を聞いた。

つまり嫌われてはいない。

最後に非常に重要なこととして、彼女に婚約の申し込みをするのであれば、円滑に、きちんと、滞りなく全てが進むように手配をしなければならない。

受け入れてもらえた場合、彼女が最短だと思う手続きの順番は、イースティリアと同様だろう。

宝飾品やドレス、式場の手配から引っ越しの段取り。

婚約の申し込みをして受け入れられた場合に準備を始めるだろう日から逆算して、さりげなく各所の予定を押さえておく。

しかし。

アレリラの予定を押さえ、空きがある日に予定していた会食については、キャンセルになった。

上位貴族の一派閥に蔓延し始めていた、違法薬物。

その対処、という急務が入り、アレリラと共に、摘発の証拠集めと事態の収束で忙しくなってしまったからだ。

婚約を申し込む予定の日が迫り、結局、後始末がその日までずれ込んでしまったため。

イースティリアは、共に残務を整理しながら、アレリラに告げた。

「君に婚約を申し込みたい」

と。

「君がいたから、私はこれほどまでに心穏やかに過ごすことが出来ている」
イースティリア様の話を聞いて。
アレリラは、気恥ずかしさを抑えきれなかった。

――そんなに前から。

イースティリア様はわたくしを知っていてくださった。
肩を抱かれて、手の甲を撫でられるまま話を聞いていたけれど。

――そんな風に、想ってくださっていたなんて。

全ての下準備を終えてから、なんて、さすがはイースティリア様。
道理で、滞りなく物事が進んだと思っていた。
君の好きなように、なんて言いながら。
その実、全てお膳立てされていたと聞いて、アレリラは、この方にはまだまだ敵わないことを再認識した。

「一つだけ不思議なのは、なぜあんな些細なミス一つで、君が恥じらったのか、という点だな」

「……わたくしは、その、イースティリア様を尊敬しておりましたので。ご迷惑をおかけするわけにはいかないと。初歩的なミスであったことが、逆に恥ずかしく思っておりました」

「そうか」

ふ、と小さく吐息を漏らしたイースティリア様が、再びアレリラの頬に手を添える。

「細かいことを気にしすぎだな。私も人のことを言えた性格ではないが」

「そんな。イースティリア様は寛大でいらっしゃいます」

「君にだけだ。……これからも、側にいてくれるか？」

どこか熱のこもった瞳で見つめられて、アレリラは小さく頷く。

「はい」

「感謝しよう。そして一つ、わがままを聞いてもらっても良いだろうか」

「何なりと、わたくしに出来ることであれば」

すると、少し照れたような表情になったイースティリア様は、口付けを落としてから、密やかに囁いた。

「二人きりの時は、私のことを、イース、と呼んでくれないか」

言われて、アレリラは頭が真っ白になる。

「その、ような。恐れ多いことです……」

「なぜ？　私たちは夫婦だろう？」

「……その」

アレリラは苦慮する。


――恥ずかしい。


何故か分からないけれど、とても恥ずかしい。

様付けでお名前を呼ぶのに抵抗を感じなかったのは、それが妻としての務めであると理解していたからだ。

でも、これは多分違う。

イースティリア様が、アレリラを特別だとハッキリおっしゃってくださっているから。

そして、名前を呼ぶのをジッと待っておられる。

顔を見ていられなくて、その首筋に頭を預けて瞼を閉じたアレリラは。

全身が心臓になったような自分の鼓動を聞きながら、小さく告げた。


「…………イース様」

「ありがとう、アル」

自分の名前も、愛称で呼ばれて。

とっくに限界だったアレリラは、許容量を超えて顔を両手で覆う。

そのまま、気づけばイースティリア様に抱き上げられて、ベッドに攫われてしまっていた。

第七章　伯爵邸を訪問いたします。

「ウルムン子爵。まずは謝罪をさせて欲しい」

呼び出したウルムン子爵に、イースティリア様が軽く頭を下げるのを、アレリラは横に立って見ていた。

「……それは、なん、何に対する謝罪でしょうかっ？」

ウルムン子爵は、ダークブラウンの髪に緑の瞳を持つ、細身の男性だ。

少し目が悪いようで、視力を矯正する魔導具である、メガネを掛けている。

前髪を上げておでこを出した髪型をしており理知的な印象で、服装のセンスも悪くない。

しかし、感情が昂る(たかぶ)と吃っ(ども)たり、声が大きくなったりするクセがあり、それ故に変人という印象を拭えない人物だった。

表情も、落ち着かなさそうに忙しなく(せわ)視線が動いており、猫背気味で、肩に力が入りすぎて竦めるように窄まっ(すぼ)ている。

仕事はできる。

顔立ちは整っている。

しかし、細かな仕草や態度がどこかおどおどしている方、なのだ。

「内示にもなっていない情報が漏洩したことで、君に心労を掛けたことに対する謝罪だ」

イースティリア様は、こういう場合に貴族的な物言いをあまり好まれない。

腹芸が苦手というわけではない。

悪いことには謝罪を示し、
良いことには褒賞を与え。

責任の所在がどこにあるかを明確にし、自身がそれを被るのを厭（いと）わない、ということだ。

他人だけでなく自分にも厳しい冷徹宰相、それがイースティリア様の基本的な評価である。

「コロスセオ・ウルムン子爵。私は君の能力を買っている。実直で適切な仕事ぶりは、そうそう並び立つ者がいない素晴らしいものだ」

「え？　……あ、あの、え⁇」

まさか褒められると思っていなかったのか、ウルムン子爵はあわあわとしてさらに視線を彷徨（さまよ）わせている。

指先が小刻みに震えて、膝を叩くように動いているのは、きっと自分が口にした言葉がイースティリア様の耳に入っていることを悟ったからだろう。

――――バカにするのなら仕事を辞めてやる、と。

「あの、け、けして本気では！」

「私は、君の過去の言動を責めるつもりはない。当然の気持ちだろう」

イースティリア様は、ウルムン子爵の顔が青ざめたのを見てとり、先回りして遮る。

「ゆえに、君ではなくオースティ氏を採用した理由を直接お伝えしよう、と思った次第だ」

爵位を持たないオースティ氏に劣る……そう言われたと感じていたのだろうウルムン子爵は、ピリリと瞳に険を浮かべた。

彼はプライドが高い、と聞いている。

しかしそれは、本当は自信のなさの裏返しだろう、というのが、イースティリア様の見解だった。

でも、バカではない。

きちんとした説明をすれば、ウルムン子爵は納得するだろう、とも言っていた。

イースティリア様は、丁寧に自身の見解と、オースティ氏に与えられた立場に必要な能力を説明し、続いてウルムン子爵自身が得意なことを告げ、それから欠けていることを指摘し始めた。

「君は、人とのコミュニケーションが少々苦手なようだ。特に、自分よりも能力や立場が低いと感じている相手に対して、それが顕著に出る。実務能力とは別に、改善すべき点だということは認識してもらわねばならない」

「……はい」

ウルムン子爵は、悔しそうな顔をしながらも、ひどく落ち込んでいるようだった。

自覚があるのだろう。

もしかしたら、ぽんと口に出してしまったことを、時間が経つと後悔する、というタイプなのかもしれない。

アレリラ自身も、後悔はしないものの、何が相手の気に障ってしまったのかと反省することが多かったので、気持ちはよく分かった。

自分と違うのは、その場での感情の制御が利かないこと、だろうか。


――彼は、改善できるでしょうか？


淑女教育と同じようなものと思えば、可能だろうという推測は出来る。

本人のやる気次第だけれど。

ただ、どのように積極的に改善する気持ちを出させるのか。

イースティリア様の手腕を参考にさせていただこう、と思いつつアレリラは耳を傾ける。

「君は具体的な目標があれば、手順を積み重ね、達成するために動くのが得意だ。逆に、他人同士、あるいは自分と他人との関係性といった、比較的臨機応変に対応する部分については苦手としている。なので今回は、目的を設定し、それに合わせて自身の足りない部分を改善して欲しい」

イースティリア様は、アレリラが渡した書類を受け取り、ウルムン子爵に差し出した。

「君を今後も重用するための、職務の範囲だと認識してくれ」

「はい……それで、こ、この書類は……?」

「もし、君の行動に改善が見られた場合、帝都とロンダリィズ伯爵領の間で行う大街道整備計画の一部を任せる。ウィルダリア王太子妃直轄事業だ」

それを聞いて、ウルムン子爵は目を見開きながら息を呑んだ。

金山管理に負けず劣らず、やりがいのある仕事であり、かつ単なる管理者よりも栄誉ある立場だ。

ウルムン子爵は、仕事に対して労力を使いたくない、楽をしたい、というタイプではない。

出世欲よりも、どちらかというと、重要な仕事をコツコツ滞りなく終わらせることに喜びを見出すタイプだろう。

内向的で真面目、ゆえに仕事にも真剣に取り組むが、対人関係でも正面から相手の言葉を受け取りすぎるのである。

「そうした君の弱点を鑑みて、こちらで一つ、改善に向けての環境を準備した」

続いてもう一枚、イースティリア様は書類を差し出す。

こちらは、直近の日時が記された、とある伯爵家への訪問日程だった。

「今回、ここに赴いて、君と趣味が合うだろうと選出した伯爵家のご令嬢と共に、レクリエーションをしてもらう」

「え、と。それは、お、お見合いです、か……!?」

自信なさげに彼の瞳が揺れるのを見て、イースティリア様は頭を横に振る。

「……職務の範囲だと、先ほど言ったはずだが?」

「！　もっ、申し訳ありませんっ！　ですよね！」

慌てて頭を下げるウルムン子爵の様子に、アレリラは軽く溜息を吐く。


――――前途多難ですね。


しかし先程の反応を見るに、どうやら彼は女性と会うことに乗り気ではなさそうだ。

質問する時は、不安そうな、緊張が増したような表情をしており、謝罪する時はどこかホッとした様子だった。

もしかしたら、ご令嬢にことごとく婚約を断られたせいで、女性に対して苦手意識があるのかもしれない。

24歳で、爵位を継いでいるにも拘わらず婚約者がいない。

下位貴族ではさほど珍しくはないこととも言えるけれど、流石に少々、売れ残りの域に差し掛かってはいる。

彼はアレリラと違って男性なので、まだ強くは責められないだろうけれど。

そんなことを考えていると。

「伯爵令嬢との相性が良ければ、数回は彼女に、レクリエーションに付き合ってもらう予定だ。その後の付き合いをどうするか、については、口を出すつもりはない」

「相性が、良ければ……ですか」

「ああ」

ウルムン子爵は、また不安そうな顔に戻る。

自分と相性の良いご令嬢などいないと思っているのかもしれない。

「そう心配しなくとも、最初はアレリラが同行する」

「あ……よ、良かった」

「件の伯爵令嬢に接する際に、留意してもらう点がいくつかある。だがまずは、君に街道事業を引き受ける意思があるかどうかを確認したい」

するとウルムン子爵は、事業計画の書類と、訪問日程を見比べて、唾を飲み。

「あ、ああり、ありますっ！　やらせて欲しいです！」

と、意気込んで身を乗り出した。

事業計画に携わるという目的も、女性に対する苦手意識の克服も、おそらく、彼にとっては成し遂げたいことに含まれるのだろう。

アレリラは、深く頷いた。


——流石です、イースティリア様。

ウルムン子爵の気質を把握して、目的を提示。

女性との距離感を見誤る傾向があり、特定のお相手がいないことを考慮した、状況設定。

それらを提案したのはアレリラだが、ウルムン子爵に食いつかせたのはイースティリア様だ。

その誘導と話術は、理路整然としていて、大変勉強になる。

ウルムン子爵の意思を確認したイースティリア様は、続いて彼に、課題を具体的に伝えた。

「まず今回の目的は『相手を不快にさせない接し方を覚えること』だ。君は、とにかく自信がない。

そして自分本位に人に接しすぎる。『自分がこうだから、人もこうだろう』という考えに基づいて、
行動してしまうのだろう。故に、人の言葉を悪い方向に受け取りすぎて、動揺してしまう」

「はい……」

「だから一つ目は、相手の態度をしっかり観察して、考えることだ。会話をしながら、表情をきちんと見て、目線の動き、態度、仕草に気を配ってくれ」

それが、相手が好意を持ってくれているか、不快に感じているか、自分と相手の距離を相手がどう感じているかを読み取る訓練となる、とイースティリア様は続けた。

「二つ目は、何か言葉を口にする際は、一度間を置いて考えてみること。苛立ったから、楽しくなったから。どちらの理由でも、話し始める前に一度、どう話すか、相手の意図はどこにあるのかを考えてみてくれ」

「わ、分かりました」

ウルムン子爵は、そこでメモの用意を求めると、言われたことを書き出し始めた。

記憶力がよく、やはり真面目な性格であることが窺えたので、アレリラは彼の評価を上げる。

イースティリア様は、彼がメモを取り終わるのを待ってから、改めて話し始める。

「お相手のご令嬢には、君のことをきちんと伝えてあるので、喋らなければと焦る必要はない。落ち着いて接するように」

「はい、はい」

ウルムン子爵がメモを何度も読み返して頷くのを見守りつつ、イースティリア様は言葉を重ねる。

「相手のご令嬢は話し上手だそうだ」

エティッチ様には、事前に了承を取りに行った際に、『ウルムン子爵に対して何かを感じた時には大袈裟な仕草で、また言葉にしてハッキリ伝えてくれるように頼んである。

思った通り、エティッチ様はノリノリで引き受けてくれた。


『お任せくださいませ～！　わたくし、そういうの大好きですわぁ～！』


と。

そんなことを思い返している間に、イースティリア様はさらに細かく説明をしていた。

「アレリラも、君の態度が目に余るようであれば口を挟む」

最初から、細かな心の機微を読み取れとは言わない。

嬉しい時に、不快な時に、相手はどういう仕草をするのか。

その際の表情はどうなのか、受け答えにどういう言葉を使うのか。

「相手を観察し、自分の意見を纏め、話し、失敗したら次は改善する。……出来るか？」

イースティリア様の問いかけに、ウルムン子爵はジッと固まったまま考えているようだった。

訓練の具体的な内容は、おそらく、彼の性格からすると易しいことではない。

しかし、その困難さと報酬を天秤にかけられる、ということは、改善の目があるということだ。

やがて。

「……やり、ます。やらせてください」

きちんと考えたのだろう。

多少噛みはしたが、吃らず、落ち着いて、ウルムン子爵は返答した。

「期待している。……アレリラ」

「はい。では子爵、後日、わたくしが顔合わせを行う場所へご案内いたします。よろしくお願いいたします」

「は、はい！　よろしくお願いします！」

アレリラが、立ち上がって頭を下げると、ウルムン子爵も同じように、大きく頭を下げた。

下げすぎて、ガン！　とテーブルに頭をぶつけていたのは、見なかったことにした。


そして数日後。

空は快晴、気候は大変穏やかな、絶好のお出かけ日和に。

「ここ、が……」

「はい。ロンダリィズ伯爵家のタウンハウスです」

アレリラが馬車で案内した先で、ウルムン子爵は呆然としていた。

いやよく見ると、手足がわずかに震えていて、目にはキラキラとした光が宿っている。

「この畑が!?　全部!?　あのロンダリィズ伯爵家の所有物ですか!?」

「はい」

ロンダリィズ伯爵家の所有している敷地は、広大だった。

正面玄関から入った先にある、自然の有り様を生かした庭園。

真っ直ぐに延びる巨大な道の先にあるのは、逆に敷地面積に比較すると、とても小さい屋敷。

おそらく、使用人を含めて十数人住めば、手狭とすら感じるだろう。

その屋敷の奥や脇。

ぽつりぽつりと立つ小屋に、使用人棟と思しき建物と、屋敷に匹敵する大きさの建物が幾つか。

機織りの音が響いてくる棟と薬草畑の横にあるのは、おそらく薬品生成のための実験棟。

広大な畑の中には異国の作物を育てているのであろう、知識でしかしらない田んぼ。

希少な魔銀（ミスリル）で覆われていると思われる建物もあり、それはおそらく魔導具の実験開発用のものだろうと目星をつける。

呪いや魔力の暴発に備えて、破邪の性質を持つ金属で覆っているのだろうと思われた。

奥には川や水車小屋のみならず、湖とすら呼べそうな大きさの溜池。


――子爵の、付き添いでなければ。


アレリラ自身が己のために、このロンダリィズの敷地を駆け回りたくなるほど、知識の宝庫のような様相を呈していた。

「あの、薬草畑に……！」

「ウルムン子爵」

まるで導かれるようにフラフラと歩み出そうとした青年に、ついていきたい衝動を鋼の自制心で抑えつけながら、アレリラはピシリと声を掛ける。

「本日は、エティッチ様とのご面会が目的でございます」

「そ、そうだった！」

ハッとしたウルムン子爵は、慌てて居住まいを正す。

そのまま、正面のこぢんまりとした屋敷に足を踏み入れた。

「まぁ！　お待ち申し上げておりましたわぁ～！」

伯爵令嬢とは思えないほどの軽やかさで、スカートの裾をはためかせながら姿を見せたエティッチ様に、入り口で控えていた老執事とアレリラが同時に声を上げる。

「『エティッチ様』」

「あ……ごめんあそばせ！」

ほほほー、とわざとらしくシナを作ったエティッチ様と、正式に挨拶を交わすと同時に。

「――――エティッチ」

アレリラや老執事よりもさらに厳しく冷たい声音が、彼女の背後、二階へと続く階段の上から飛んだ。

サァ、と顔色を青ざめさせたエティッチ様は、ギギギ、と後ろを向いて、震える声を上げる。

「お、おかあ、さま……これは、その」

「見苦しい言い訳は結構」

ハイネックの青いレースのドレスを纏った女性は、その冷たく赤い瞳でエティッチ様を見据えた。

「ロンダリィズ伯爵家の令嬢ともあろう者が、はしたない。お客様の前に無作法に飛び出し、その上案内を待たずに挨拶を交わし、あまつさえわたくしと客間で横に並ぶこともないまま殿方と言葉を交わすなど、言語道断です」

ピシッと一分の隙もなく結い上げた黒い髪に、年齢によるシワはあるものの、成人した子を三人持つとは思われぬ若々しい容姿。

浅黒い肌を持ち、背筋を伸ばして佇(たたず)む様は、なるほど、デビュタントの頃に目にした〝傾国の妖花〟アザーリエ様とよく似ていた。

ロンダリィズ伯爵家が女主人、ラスリィ・ロンダリィズ伯爵夫人。

元・公爵家のご令嬢でありながら、嫁いだ後に服飾業界に産業革命を起こし、安価で良質な服を工場で量産。

その上で『平民も手軽に入手出来るように』と流通ルートと販売手段を確立させた、女傑である。

同時に、高位貴族向けの最高級品質のドレスや斬新なデザインの開発なども手掛けており、ウィルダリア王太子妃殿下が好んで身につける衣装は、ほぼほぼロンダリィズ工房の手によるものだ。

作物開発と戦争の英雄である当主、グリムド・ロンダリィズ伯爵に勝るとも劣らぬ功績によって、バルザム帝国社交界の覇者の一人として君臨している。

――躾は、あまりお得意ではないのでしょうか。

エティッチ様の自由気ままな態度に、内心不敬なことを考えていると。

「ご来訪に感謝を、コロスセオ・ウルムン子爵。また、アレリラ・ウェグムンド侯爵夫人」

「ご挨拶が遅れまして、誠に申し訳ございません。非公式の訪問に甘えて非礼がありましたこと、深くお詫び申し上げます」

「も、申し訳ございませんっ！」

アレリラが深く頭を下げて階上の夫人に向けて謝罪すると、ウルムン子爵も慌てて頭を下げる。

おそらく嘆息したいのだろう、ロンダリィズ伯爵夫人は、はらりと扇を広げて顔を隠した。

「ごゆるりと滞在なさいませ。ウェグムンド侯爵夫人、並びに、ウルムン子爵。……エティッチ」

「はい！　お母様っ！」

直立不動の、可能であるのなら最初からその態度を取るべきだったと思うエティッチ様の返事に、ロンダリィズ伯爵夫人は絶対零度の気配を放つ。

「全てが済み次第、わたくしの部屋へ」

「ふぅ、はいぃ……！」

「我が家の家訓は」

「『貴族たる者、悪辣たれ！　労働を行うことは最大の悪である！　働け！』でございます！」

「そう。そして『貴族たるもの、隙を見せぬが当然……もし見せるのなら、かすり傷で首級を挙げる覚悟で』。家訓の条項、全てを忘れぬよう、今一度頭に刻みなさい」

「畏まりましたっ！」

そのまま、背を向けてロンダリィズ伯爵夫人が去っていくと、エティッチ様とウルムン子爵があからさまに肩の力を抜いてホッとする。

お二人は詰めの甘さと外面の緩さが似た者同士だ。

そんなお二人の様子を見ながら、アレリラは手元の裏紙にメモを書き留める。

――夫人は、子爵とエティッチ様の交流を歓迎しておられる、と。


でなければ、いきなりの非礼を不問にはしないだろう。

もしこれが婚約を前提とした公式な訪問であれば、今すぐ帰れと言われてもおかしくはなかった。

その場合は、逆にエティッチ様が万が一にも飛び出さぬよう、厳重に監視されていたかもしれないけれど。

「では、歓談のために茶席を用意いたしております。庭での散策はその後でいかがでしょうか？」

気配を消していた老執事が柔和な笑みと共に提案してくれたので、アレリラは頭を下げた。

「お気遣い、痛み入ります。よろしくお願いいたします」

エティッチ様とウルムン子爵の面会は、想像以上に盛り上がった。
「まぁ、でしたらエリュシータ草の栽培に成功なさったのは、コロスセオ様の功績ですのぉ〜!?」
「い、いえいえ！　わ、私は肥料の種類が間違っているのではと、父に提言しただけでして！」
「それでも凄いですわねぇ〜……あの草が、ヒーリングドラゴンの糞（フン）を混ぜないと育たないことに気づくまで、竜の群生地まで採りに行かなければいけない危険で貴重な薬草でしたのにぃ～！」

どうやらエティッチ様は、薬草への造詣が特に深いようだ。

そして相手をするウルムン子爵も、家庭菜園の趣味自体が、家業の薬草関連事業の延長線上にあるようで、話が弾んでいる。

――なるほど、勉強になります。

テーブルを挟んで座っている二人の話を、アレリラは横で黙々とメモに取る。

ヒーリングドラゴンは、聖女の治癒魔術と同等の〝治癒の息吹（ブレス）〟を放つ存在だが、非常に気性が荒い。

そのため、以前イースティリア様が家畜化の予算を組んで、竜飼いが卵から育てることで、攻撃性を下げて友好的にすることにある程度成功したのは、一昨年のことだったと記憶している。

――肥料のため、だったのですね。

あの方の先見の明と采配はどこまで幅広いのだろうかと、自らの夫に感銘を受けている間に、二人は実際に生えているというエリュシータ草を見に行こう、と盛り上がっていた。

土に汚れてもいいような格好に着替えて（そもそも畑の案内が予定に入っていたので準備してい

た）三人で向かう道すがらも、エティッチ様とウルムン子爵の会話は弾んだ。

「エリュシータ草が【生命の雫（エリクサー）】の原料であることは有名ですが、実は製法によっては古代に存在したという【復活の雫（フィロソラピドロ）】も生成できるのではと言われているのですよ！」

「まぁ、それはどういうものですの～？」

「【復活の雫】は！　一説には【賢者の石】という不老不死の効能や、若返りの効能を持つと言われる、卑金属を貴金属に変える伝説の……」

「ウルムン子爵。話を遮って申し訳ございませんが、対話であることをお忘れなく」

調子に乗ってうんちくを披露しかけた彼に、チクリと水を差すと。

しまった！　という顔で慌ててエティッチ様を見る。

「も、申し訳ありませんっ！　けけ、決して一方的に捲（まく）し立てようとしたわけでは……!!」

「ウルムン子爵。ご令嬢の体にみだりに触れるのは、お控えください」

ガシッと手でも摑みそうな勢いで詰め寄って謝罪するウルムン子爵に、アレリラは、さらに注意を与える。

「う……！」

ピタリ、と動きを止めたウルムン子爵に、ほほほ、と口元に扇を当てたエティッチ様が答えた。

「お気になさらずですわ～。趣味が合って、好きなことを生き生きと話してくれる殿方は好ましく思いますの～」

「え、エティッチ嬢……！」

ジーン、と感動している様子のウルムン子爵。

彼は、どうやらこの調子で興味のある話題を捲し立て、相手が引くと慌ててしまい、謝罪するつもりが体に触れてしまう……というようなことを繰り返していたのではないだろうか。

以前聞いた悪評は、そのせいで立ったものに思えた。

それから、ウルムン子爵はどの程度話していいものか、おどおどと手探り状態でぎこちなく会話を続け始めたが、エティッチ様は気分を害した様子もなく、かつスムーズに彼の緊張を解きながら、話を進めていく。

対話の形で話す分には、何の問題もないので、アレリラは黙っておく。


――エティッチ様をお選びしたのは、正解でした。


彼女の本心は読めないものの、ウルムン子爵を嫌っている様子は特にない。

これが本当のお見合いに発展しても、それはそれでロンダリィズ伯爵夫人的にも問題はなさそうだったので、アレリラは流れるままに任せることにしたが。

「……」

「……」

「……」

薬草畑の見学が終わった後は、何故か三人並んで湖で釣りをする時間となり、そこではふっつりと会話が途切れてしまった。

――？

不思議に思ってお二人の顔を観察するものの、二人は会話がないことを特に気にしている様子はなく、むしろこの静けさを楽しんでいるようにすら見える。

「つかぬことをお伺いいたしますが」

「何ですか～？」

「このような沈黙は、居心地が悪くはないものなのでしょうか？」

すると二人は顔を見合わせてお互いに首を傾げる。

「つ、釣りは静かに楽しむものでは っ？」

「同感ですわねぇ～。アレリラ様は、イースティリア様と常にお話をされておられますの？」

「特にそういうわけではないですが」

「でしたらその時、居心地は悪いものですの？」

「……言われてみれば、そういうことはございませんね」

ならば、このまま沈黙を継続するのが正解なのだろう、と、アレリラは二人が切り上げるまでそれに付き合った。

ちなみに釣りは初めてだけれど、小さい魚が二匹釣れて、少しその楽しさが分かった。

――今度、イースティリア様をお誘いしてみましょうか。

彼が釣りを楽しむ人かどうかは分からないけれど、何せ交際期間〇日で婚約したので、実は小さなことも知らない。

職務中と、屋敷でのイースティリア様しか存じ上げないのだ、ということに気づいて、アレリラは何故か胸がモヤモヤした。

しかし、その意味を理解出来ないまま、エティッチ様とのお別れの時間となる。

今度はしっかりと、ロンダリィズ伯爵夫人にご挨拶を申し上げて、再度、謝罪をした。

ロンダリィズ伯爵夫人は、寛容にも許してくださった。

「本日は、とても楽しかったですわぁ～！　コロスセオ様、またいらしてくださいねぇ～！」

「エティッチ。初対面の殿方をお名前でお呼びするとは何事ですか。貴女は、腹の中で姉に慎ましさを奪われてしまったようですわね？　それに、問われてもいないのに自ら再会を望むなど」

『礼儀知らずが』と言わんばかりの眼光に、エティッチ様が、ひぅッ！　と喉を鳴らす。

きっとアレリラたちが帰った後に、説教を喰らうのだろう。

ウルムン子爵にとっては適度に肩の力が抜けてありがたい態度なのだけれど、確かに貴族令嬢としてはいかがなものか、と思わないでもない。

「で、でもお母様！　ご好意は伝えておかないと、相手に伝わらないではありませんかっ！」

「お黙りなさい。何のために手紙やお茶のお誘いがあると思っているのです」

ロンダリィズ伯爵夫人の言い分は、一切間違っていない。

間違っていないけれど。


——好意は、伝えなければ伝わらない……。


その言葉が、妙にアレリラの胸に引っかかった。

ウルムン子爵が気にしていない旨と『今度は自分の方からお誘いを』と伝えて場を辞し、馬車に乗り込む。

「お疲れ様でした」

「す、すみません、何度も注意を……！」

「構いません。そのためにわたくしが同行しているので、特に減点などの処分はございません。今後の改善は、ご自身でなさることになるとは思いますが」

はぁ〜、と力が抜けて、心なしかグッタリしているウルムン子爵に、アレリラは問いかける。

「如何でしたか？　エティッチ様とのご交流は」

「たっ、大変、素晴らしい時間でした！　あ、あのように、その、気分を害することなく私と接してくださったご令嬢は、は、初めてでした……！」

疲れていながらも興奮した様子でキラキラと目を輝かせた彼は、しかしすぐに自信なさげに肩を落とす。

「で、ですがっ、あれほど魅力的なご令嬢であれば……その、私なんかでは」

「もしエティッチ様がウルムン子爵『なんか』と思われているのであれば、もう一度お会いしたい、とは口になさらなかったかと」

「そう、でしょうか……？」

「少なくとも『ご好意は伝えておかないと』という言葉は、出てこなかったでしょう。おそらくイースティリア様は、お相手がそうした言葉を口にした場合の周りの状況も含め、察する力を磨くように、と仰ったはずです」

アレリラは、今日の最後にエティッチ様が発した言動を書き留め終えると、各会話の自分なりの注釈を思い起こして、ウルムン子爵に問いかけた。

「出会ってから、共に過ごした時間。最後に発せられたエティッチ様の言葉は、ウルムン子爵から見てどのように思われましたか？」

「……か、勘違いかもしれませんが、楽しんでいただけたように、思います。そして、その、ロンダリィズ伯爵夫人に怒られても、好意を伝えてくれたということは、その……」

顔を赤くして俯くウルムン子爵は、ボソボソと告げる。

「お誘い申し上げても、ご迷惑には、ならない、かと」

「はい。わたくしもそのように思います」

アレリラはうなずき、女性に『お誘いの手紙』を書く際の注意事項を書き連ねて、そのメモを手渡す。

「こちらは定型文の形式です。その次に、褒める際、誘う際の注意事項。こうした手紙を送る場合に決めておくべき事柄……この場合は受けるにも断るにも判断材料にしやすいよう『どこへ、何をしに』を明確に。ドレスコードが違いますので。また、失礼がないようにこうした場合には……」

と、アレリラが手紙の書き方を教授するのを、ウルムン子爵は熱心に聞き、的確な質問を投げかけてくる。


――やはり、この方は有能なのですね。


人付き合いが下手で苦手なだけで、こうして興味を持ち、耳を傾ける気があれば熱心に吸収する。

現に、たった一日少し注意をしながら過ごしただけなのに、ロンダリィズ邸へ赴く時よりも格段に会話が成立しやすく、付き合いやすい人物だという印象に変わっていた。

エティッチ様との関係性がどうなるかは、本人たち次第ではあるけれど。

上手くいくといい、と素直に思う一方。

アレリラ自身の懸念は、大きくなっていた。


――わたくしは。

きちんとイースティリア様に、好意を伝えられているのか……それは婚約を申し込まれた時以来、初めて芽生えた疑問だった。

——好意を伝える、というのは、どういう行動なのでしょうか。


その日、仕事が休みだったアレリラは、自室で悩んでいた。

婚約を結ぶ男女の間には、様々な礼儀作法がある。

例えば、文通や、季節やイベントに合わせた贈り物、会う機会を設けての歓談などだ。

しかしそれらは、すでに夫婦として生活しているイースティリア様とアレリラの間で行うようなことではない。

家の中で、文通や季節の贈り物はおかしい。

いやおかしくはないのかもしれないけれど、一般的にはしない。

イースティリア様の誕生日はまだ先で、お祝いを贈るのは好意を伝えることになるだろうけれど、ウルムン子爵とエティッチ様のやり取りを見る限り、物品の問題ではない、と思う。

会う機会を設けての歓談、というのは、三食を共にしており、寝室でも会話をするアレリラたちにとって、今更やるべきこととも思えない。

新婚旅行は予定しているが、おそらく好意を伝えるというのは、そうした行動そのものや、会話内容の問題でもない。

何故なら、先日の二人は大体において薬草の話をし、黙ったまま釣りを行っていたからだ。

それでも楽しんでいるのだろう、お互いに好意を持っているのだろうという気持ちは伝わってきた。


――何が違うのでしょう？


もう一組、よく知っているとまではいかないが、仲が良いと感じるペフェルティ伯爵夫妻を思い返してみる。

貶し合うことも多いが、お互いに気にした様子もなく、よく笑っている。

それに比べると、イースティリア様とアレリラが笑みを交わしあうことは、大変少ないように思った。

手元のメモ用紙に、笑み、と一言書いておく。


――笑みを浮かべれば、好意を伝えたことになるでしょうか。


しかし、それはきっと淑女の微笑みではない。

エティッチ様の花開くような、あるいはアーハ様のような天真爛漫なもの。

――――無理ですね。


アレリラは即断した。

そんな表情を浮かべられるのであれば、無愛想などと呼ばれることはないのである。

しかし、練習してみるのは悪くないかもしれない。

逆に、イースティリア様からの好意ならばどうだろう。

一見無表情ではあるけれど、あの方からの好意を、アレリラは受け取っているように思う。

言葉や、微かな表情の動きに滲む愛情を、確かに感じられる時があった。

手を頬に添えられたり、髪を撫でられたり……房事の際の……やめておきましょう。

とにかく、イースティリア様の好意は感じ取れる。

そうなると、残っているのは自分がどうやって好意を伝えるか、という問題だけだ。

と、考えたところで、コンコン、とドアが叩かれた。

「奥様。紅茶をお持ちいたしました」

「ありがとうございます」

持ってきてくれたのは、侍女長のケイティだった。

イースティリア様が幼少の頃から侯爵家に仕えておられる方で、この家の事情に滅法詳しい。

「侍女長」

「はい、何でございましょう」

丸顔で、ニコニコしていて人好きのする顔立ちをしている彼女に、紅茶を口にする間、会話の相手をしてもらうことにする。

「わたくしは、イースティリア様に好意をお伝えしたいと考えております」

アレリラの言葉に、ケイティはキョトンとした。

「はぁ、奥様が」

「はい。その上で、どのようにすれば、イースティリア様に好意を感じていただけるか、お知恵を賜りたいと考えているのですが……」

ジッとケイティの顔を見つめると、彼女は徐々に笑いを堪えるような表情になり、ついに肩を震わせ始めた。

何かおかしなことを言っただろうか。

アレリラが不安になっていると、失礼しました、と頭を下げたケイティが、軽く咳払いをする。

「ええ、ええ、ご好意ですか。奥様のご好意は、十分に旦那様に伝わっているとは思いますが、その上でさらに、ということでよろしゅうございますね？」

「はい」

――十分に伝わっている？

返事をしつつも、その発言には首を傾げざるを得ない。

アレリラがイースティリア様に好意を持っているのは当然のことだけれど、今までそれを伝える努力などした覚えがなかったからだ。

「それでしたら、奥様手ずから、刺繍のハンカチなどを贈られてはいかがでしょうかねぇ」

「刺繍の」

「ええ、ええ。奥様と旦那様は、婚約の期間が大層短く、またお忙しいため、あまりそうしたことをなさっておられないように感じますので。殿方に自ら刺した刺繍を贈るというのは、最も一般的な好意を伝える手段かと」

「なるほど。既に婚姻を結んだ後でも、それはおかしくないでしょうか？」

「勿論でございますとも。仲睦まじい夫婦であれば、自ら考えた意匠などを施してお渡しすることもございますよ」

それは、悪くない提案のように思えた。

お慕い申し上げていることが分かる意匠を刺し、常に大事にしてくださることへのお礼を言葉にして手渡す。

少し、恥ずかしい気もするけれど。

「やってみます。他には、何かございませんか？」

「そうですねぇ。一緒にお出かけだとか、膝枕だとかは如何でしょう。旦那様はお喜びになるかと思いますけれどねぇ」

「出仕や買い物などは、二人で出かけておりますが」

「とくに必要もないのに、一緒に出かけるのがよろしいのですよ。観劇などでも構いません。奥様から旦那様をお誘いすれば、旦那様はお喜びになることでしょう。好きな人から誘われれば嬉しいものです」

――そうなのだろうか。

疑問には思うが、そうやって好意を伝えた経験の全くないアレリラよりも、ケイティの方が正しいに違いない。

そうなれば、一緒にお出かけをするための下調べなどもしなければいけない。

どのような娯楽を夫婦で楽しむのか、アーハ様に手紙で聞いてみよう。

そうして実際に足を運び、良いと思えばイースティリア様と一緒に赴いてみるのだ。

方針が定まれば、後は行動である。

早速、本で調べて刺繍の意匠を考え、共に出かけるのに適していそうな場所を書き出してみた。

釣り、も一応候補に含めておく。

一番は、王立図書館だろうか。

調べ物をする際によく足を運ぶけれど、そうでなくとも知識の宝庫であり、イースティリア様とお話ししながら中を散策するのも悪くないように思えた。

そうこうする内に、イースティリア様が帰宅なさり、お出迎えする。

「コートをお預かりいたします」

「ああ」

そうして、家で待つ時のいつも通りのやり方で、アレリラが上着を預かると。

ふわり、と知らない香水の匂いがした。

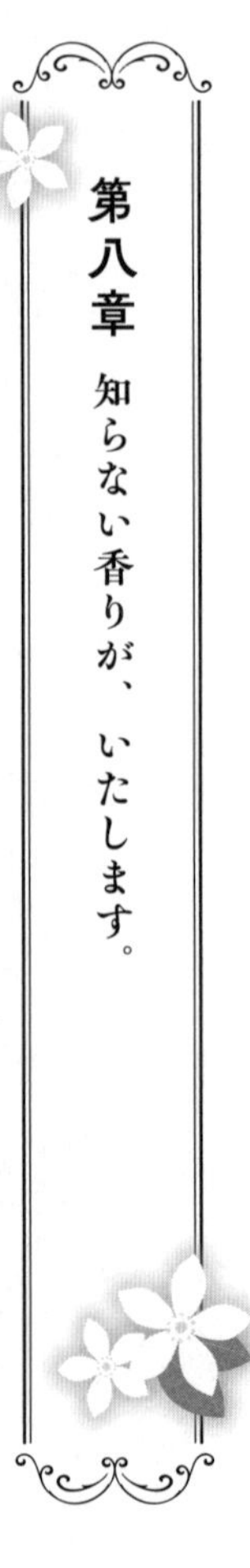

第八章　知らない香りが、いたします。

――最近、アレリラの様子がおかしい。


イースティリアは、少々困惑していた。

それというのも、最近彼女がよそよそしく、そうされる理由に、心当たりがないからだ。

表面上はいつも通りである。

当然ながら、執務をしていてもミスはない。

そもそも、イースティリアの執務室で唯一の常駐秘書官として働いていた彼女は以前、今よりも遥かに仕事の量が多かったので、現在二人、有望な者に仕事を割り振っている関係上、多分に楽になっているだろう。

しかし、どこか上の空だ。

それとなく、彼女が席を外している際に他の者に尋ねても、特におかしいと思われる点はないらしい。

つまり、イースティリアしか気づかない程度の些少な変化、だということになる。

――様子が変わったのは、いつからだったか。


思い返してみると、二週間ほど前から、だったように感じた。

あの日何をしていたか、はすぐに思い出せる。

アレリラが休みで、特に面会の予定などもなかったイースティリアは、昼食時間を利用して少し外出していたのである。


理由は、アレリラへの贈り物の購入であった。


有名な香水店で、独自の香りを調合してくれる、という調合師に会いに行ったのだ。

イースティリアのイメージする、アレリラに似合う香水である。

香りというのは、人によっては全く合わないものではあるものの、二人の香りの好みはよく似ており、甘すぎず清涼感のあるものを好んでいた。

中でも、アレリラは檸檬系の、イースティリアはミント系の香りを主につけることが多い。

そのため、檸檬の香りに似た香水で、アレリラの凛とした中にも、自分にだけ見せてくれる甘やかな雰囲気に似合うもの……オレンジ系の香りを調合してもらったのだ。

――そういえば、あの夜は少し動揺していたように思う。

残り香でも匂ったのだろうか。

しかしそれだけで、態度が変わる理由がよく分からなかったので、イースティリアは大街道整備計画の件について話すついでに、王太子妃のウィルダリアに尋ねてみた。

「最近妻の様子が少しおかしい。故に、少々性癖に難のある変わり者とはいえ、貴族女性最高峰に近い妃殿下に問いたいのだが」

「君って、本当にボクらのことナチュラルにバカにするよね⁉」

〝傾国の妖花〟アザーリエ・ロンダリィズに、王太子と共に惚れ込みまくって、彼女の後宮入りまで二人で計画していたウィルダリアは、その青い瞳でイースティリアを睨みつける。

幼馴染みなので、その辺りは遠慮がない。

「問いたいのだが」

「しかも無視⁉」

「もし自分の知らない香水の匂いを夫が漂わせていた場合、動揺する理由が何かあるだろうか？」

「ボクは、レイダックがどんな香りをさせてても気にしないけど、一般的には浮気とか考えるんじゃない？」

後宮にいる側妃たちを統べる女性らしい言葉で、ウィルダリアが答えた。

「なるほど、浮気か」

「え、何々？　イースティリア浮気したの？」

「そのような馬鹿げた行動を取るのは、未だに他国の公爵夫人に入れあげて、もっともらしい理由で国庫を圧迫するかのような行動を取る、高貴な方に似た浅はかな者くらいかと」

「それボクかな？　ボクだよね？　不敬罪でぶち殺すよ!?」

「どこに不敬な要素が？　例え話に過剰に反応して、言いがかりとは誠に遺憾でございます」

「つかぁ〜！　わざとらしい丁寧口調すら腹立つぅ〜!!」

基本的にドレスなどの礼装を好まないウィルダリアは、その見事な艶を持つ金髪をガシガシと掻きむしった。

公爵家の出にも拘わらず、彼女は何故か王家の特徴を一切受け継いでいない、見事な金髪青眼である。

一時期、公爵夫人の不貞疑惑があったほどだが、まぁ母方の血を完璧に受け継いだだけなので、噂はすぐに消えていた。

お茶会や面会がない時、彼女は髪をリボンで後ろに纏め、男装で過ごしている。

「まぁそれくらいじゃない？　何？　避けられてるの？」

「多少は」

といっても、あの日以来寝室を分けている、というわけでもない。

旅行前に妊娠などとなれば行程に支障が出るため、夜の営みは控えているもののスケジュールに変化はなく、食事は共にとり、同じベッドで眠っている。

しかし仕事の後は変わった。

眠る前に少々アレリラが自室にこもる時間が出来、休みの日にどこかに出かけたなどという報告をオルムロ執事長やケイティ侍女長から受けてもいた。

どのような理由で、と彼らに問うても、『ご心配なさるようなことではございません』と含みがあるように言われる。

が、アレリラの態度と合わせて気になるものは気になる。

「は～。堅物傲慢慇懃(いんぎん)無礼冷酷非情なイースティリアでも、妻のことになると動揺するんだねぇ」

「無礼ですよ」

「どの口が言うの!?　ねぇ、どの口が!?」

感心したようなウィルダリアにそっけなく返すと、彼女はまた怒り出した。

これで表では完璧な淑女なのだから、人とは分からないものだ。


――アレリラにも、そうした裏の顔が？


ふとそんな疑問が頭をよぎるが、イースティリアにはよく分からなかった。

家族と会った時も、他の親しくしている者と会った時にも、アレリラの態度が変化している様子はない。

まだイースティリアに心を許し切れていないのか、という疑問に対しては、明確に『否』を唱えることが出来るだけの傍証が多いのだ。

しかし、今までふとした瞬間に見せてくれていた柔らかな瞳の色も、微かに浮かべる笑みも、最近見ていない。

怒らせてしまうような心当たりが本当になく、そうなると、香水の匂いを浮気だと勘違いしたというのが現実味を帯びてきた。


――今日は、少々早めに仕事を切り上げるか。


幸い、香水は既に出来ているとの連絡が来ている。

誤解があるのなら、早急に解いておくべきだろうと考えた。

イースティリアは即断すると、ウィルダリアの前に広げていた資料を集め始める。

「あれ？　何してるの？」

「急用が出来ましたので、失礼いたします。こちらとこちらの資料に関しては、一両日中に処理をお願いいたします。また、ウルムン子爵にこちらのポストを与える予定ですが、まだ確定はしていません。誰かを入れないように計らってください。またこれとこれは急ぎではありませんが、処理をお願いいたします」

「って、え。どういうこと!?　いくつかやってくれるんじゃないの!?」

「体調が優れないので、早退します」

「いやいやいや、さっき急用(きゅうよう)って言ってたよね!?　政務より優先する私用ってこと!?」

「『休養(きゅうよう)』の聞き間違いでは？　では、失礼いたします」

焦るウィルダリアに容赦なく仕事を押し付け、喚(わめ)く彼女を置いて退出した。

その後、執務室でも急ぎの仕事を振り分けると、二人の秘書官候補は魂が抜けそうな顔をしていたが。


イースティリアもアレリラも、一人で処理出来る程度の仕事だ。


二人がかりなら、出来てもらわなければ困る。

今日中に処理するように、と言い置いて、イースティリアは帝宮を後にした。


イースティリアが仕事の鬼から、愛妻家の鬼に変わった、という噂が立つのは、この件があってしばらく経ってからのことだ。

――どうしてこうも、心が乱れるのでしょう。

アレリラは、刺繍を終えた絹のハンカチを見て、小さくため息を吐いた。

赤紫のサクラソウと、白いストックを象ったそれを、紙に包んでリボンで纏める。

最初は、契約結婚だと思っていた。

彼の心は別の人の下にあると思い、それでも良いと結んだはずの婚約。

――わたくしは、欲張りになってしまったのでしょうか。

もし、イースティリア様が他の女性と懇意にしていたところで、最初から自分の気持ちが変わっていなければ、なんとも思わなかったはず。

でも、彼に、そうではないと、何度も言われて。

ミッフィーユ様の前で、あるいは初夜に、そしてアレリラが小さなことで不安を感じた時に。

『アレリラが良い』と、そう望む言葉を、何度も口になさった。

それを信じ切れないのか、あるいは、強く惹かれてしまったから我儘になっているのか。

知らない香りを嗅いだ時に、嫌だと、思ってしまった。

イースティリア様が、他の女性と親しくなさる姿を想像して、動揺してしまった。

問いかけてみれば良かったのだろうか。

でも、それを別の方が付けていた香水だと、肯定されてしまったら？

迷って、悩んで、それでも、訊くのが怖いと思った。


――だって、わたくしは。


自分から、イースティリア様に好意を伝えただろうか。

乞われて、問われて、口にしたことは幾度もあるけれど。


『わたくしも、お慕い申し上げております』と。


自ら口にしたことが、幾度あっただろう。

知ってくれていると、分かってくれていると。

逆に言葉を尽くしてくださるイースティリア様に、甘えていたのでは、と。

だから、愛想を尽かされているのでは、と、頭でどれだけ否定しても、こんなにも不安になってしまうのだ。

口にしなくとも分かってくれるなどという、都合の良いことがあるはずはないのに。

今からでも、努力をしなければ。

遅くはないことを願いながら。

――喜んで、いただけるでしょうか。

もし、イースティリア様の御心がもうアレリラに向いていないのであれば、迷惑に思われてしまうかもしれない。

そう思いながら、今日渡そうと準備していた品々を見た。

これらを手渡して、想いを伝える。

出来るだろうか。

仕事の要望であれば、すんなりと口にすることが出来るのに。

自分の気持ちを口にするのは、こんなにも不安になる。

それもこれも、努力を怠っていたから。

勉強が足りないと思っていた試験の前や、進捗が遅いと思っている成果を伝える時よりも、よほど緊張する。

アレリラがグルグルと同じようなことを考えて悶々としていると、不意にドアをノックされた。

「奥様。旦那様がお帰りになりましたよ」

――いつもより、お早いお帰りですね。

時計を見て、自分の速くなった鼓動が少しでも落ち着くように、と胸に手を当てて息を吐いたアレリラは。

「すぐに向かいます」

そう告げて、用意した品を手に取り、ドアの向こうに笑みを浮かべて控えていたケイティに手渡した。

玄関先に向かって待っていると、イースティリア様がいつも通りに入ってくる。

「お帰りなさいませ」

「ああ、ただいま」

イースティリア様の後ろには、玄関の前でお出迎えしたらしい、オルムロ執事長がいて、こちらもまた、いつもより少し緩んだ笑みを浮かべている。

——？

面白がるような視線を不思議に思いながら、上着を受け取ると……また、あの香水が匂った。

「……！」

いつもの香りと違って、少しだけ甘い、それ。

一体、どこに行っておられるのだろう。

そういえば、前回も同じように早く帰られた時に、同じ香りがして。

「アル」

少しだけ緊張したような、イースティリア様の声。

「はい」

「少し話がある。食事の前に、良いだろうか？」

「畏まりました」

動揺を抑えて頷くと、アレリラはコートを掛けて居間へと向かう。

するとイースティリア様は、いつものようにソファに腰掛けることなく待っており、アレリラに座るように促した。

戸惑いつつも、小さく首を横に振る。

「申し訳ありません。わたくしも、少々お話がございます」

「聞こう」

アレリラがイースティリア様の言葉に口を挟んだのは、そういえばこれが初めてだったかもしれない。

少し驚いた様子を見せた彼は、すぐに頷いて、促した。

――大丈夫、かしら。

今日に限ってあの香りを感じたので、緊張が高まる。

でも、アレリラから先に伝えることに意味があるのだから、そうしなければ。


——いらない、と言われたら。


不安も感じるけれど。

ケイティに先ほど預けたものを受け取ったアレリラは、それをイースティリア様に差し出した。

「これは？」

「わたくしの刺した刺繍のハンカチと……本日、わたくしが作った、クッキーでございます」

アレリラとて、一応は子爵令嬢だったので、自ら料理をしたことはほとんどない。

しかし、簡単なお菓子くらいなら……と、料理長に頼んで教えてもらったのだ。

子どもでも作れるようなものだけれど、『お味はともかく、手作りのものは、よりお心がこもっているように感じられるものです』と、ケイティからアドバイスされたから。

「君……が？　クッキーを焼いたと？」

「はい。イース様はレーズンがお好きだったと記憶しておりますので、レーズンクッキーです」

今までで一番驚いた顔をなさっているイースティリア様に、アレリラは視線を彷徨わせた。

答えを聞くのが怖くて、顔を見られないでいると。

「……ありがとう」

柔らかい声音が、落ちてきた。

その優しさに誘われて目を向けると。

──喜びに輝く薄い蒼の瞳が、アレリラに向けられていた。


「……っ」

思わず、息を呑む。

そんな瞳で、それと分かるほどの明るい笑みをイースティリア様が浮かべられたのは、初めてだった。

まるで、誕生日プレゼントを受け取った子どものような。

「アレリラから直接手渡される贈り物が、こんなにも嬉しいものだとは思わなかった」

「申し訳、ございません……」

「何故謝る」

「今まで、わたくしは怠慢でした。妻として」

「そんなことはない。……ハンカチの包みを広げても？」

「はい」

イースティリア様の笑みに当てられて、火照る頬に手を添えながら頷くと、彼は包みを開いてさらに目を細める。

「これは、どういう意味合いの組み合わせかな?」

「……サクラソウから、白いストックへ、です」

刺繍に触れながら、込めた意味をイースティリア様に問われて。

途端に恥ずかしくなり、アレリラはささやかな声で答える。


――『憧れ（サクラソウ）』は『密やかな愛（白いストック）』に。


「お慕い申し上げております。……共に過ごす内に、より、深く」

「アル……」

恥ずかしいけれど。

でも、口にしようと思っていたから。

「もう一つ、提案が、あります……」

そっと近づいて、肩に手を触れるイースティリア様に、アレリラは俯いて告げる。

「聞こう」

「どうぞ、次のお休みには。……わたくしと、出かけてはいただけませんか」

「どこに行きたい?」

「王立図書館に」

決して、デートらしくはない場所だと自分でも思った。

でも、観劇でも、買い物でも、散歩でもなくて。

「興味のあるものについて、心赴くままに、語り合うのが……イース様と、一番したいこと、なので」

何でもいい。

イースティリア様の見ている世界は、アレリラよりも遥かに広いから。

何か一つのことではなく、本の背表紙でも、中身でも、眺めながら。

思いつくままに、そのお考えを知りたいと。

好きな食べ物、コーヒーや紅茶の好み、目にするのが好きなもの。

そういう様々なことは、共に過ごす内に知り得た事柄であって、アレリラが知りたいのは、アレリラの知らないイースティリア様だから。

するとイースティリア様が、オルムロ執事長から何かを受け取って、目の前に差し出してくる。

「……ではその時に、この香りを身に纏ってくれるだろうか？」

それは、鮮やかなオレンジ色の瓶に入った、香水だった。

ふわり、と微かに甘いそれは。

――――イースティリア様が帰ってきた時に香っていたのと、同じ。

「これ、は？」

「君に似合うと思って、調合してもらったものだ。昨日出来たと言われたので、これを渡したくて早く帰ってきた。……知っているのだろう？　この香りを」

——ああ。


やっぱり、全部見透かされていたのだろう。

表には努めて出さないようにしていた不安を、イースティリア様は感じ取っておられて。

だから、こうして。


——やっぱり、敵わないのですね。


手渡されて受け取ってみれば、不安は全部消えてしまって。

ただただ、嬉しくて。

だからちゃんと、口にしなければ。

「知っています。……嬉しいです、とても」

そのまま抱き締められて、アレリラはその胸に顔を埋めながら、目を閉じる。

「良かった」

「不安でした。別の方の香りなのではと」

「私のミスだ。君に喜んでもらおうと思ったのに、不安にさせてしまった」

「いいえ。不安に思ったことで、わたくしは努力が足りなかったと、気づかせていただいたので」

「君は十分に、努力している。無理はしないでくれ」

「……善処します」

顔を上げると、視界の端に執事長と侍女長の笑みが見えて、少し恥ずかしくなったけれど。

「愛しているよ、アル」

「これからもそう思っていただけるよう、努めます」

イースティリア様の言葉に、幸せを感じながら。

アレリラも、自然と顔を綻ばせた。

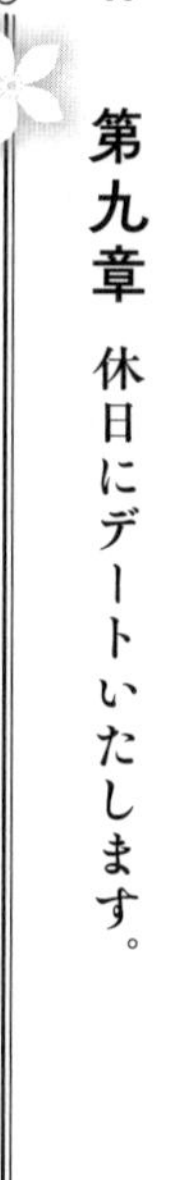
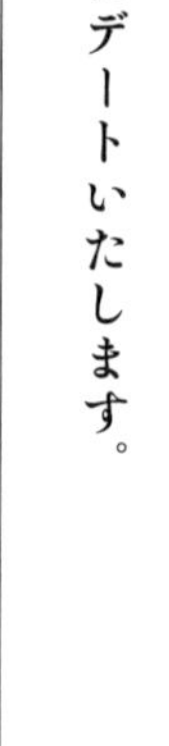

第九章　休日にデートいたします。

ある日のこと。

空は青く、薄い雲が流れている、穏やかな日だった。

今日は、休日を合わせたイースティリア様と、二人でお出かけをする日になる。の、だけれど。

「これは？」

朝食をいつも通りイースティリア様と共にとったアレリラは、侍女長ケイティが持ってきた服に戸惑った。

「旦那様が、アレリラ様に今日着てもらうように、とご準備されていたものですよ」

――――これを？

言われて、じっくりと眺めてみる。

藍に近い青色の、とても品の良いドレス……というよりも、最近、少女たちの間で流行している、踝丈（くるぶしたけ）のワンピース、だろうか。

といっても、一人で着られるタイプではなく、ボタンが後ろについているようだ。

スカート部分がプリーツになっている流行のデザインで、上半身を覆う袖の短い深い色合いの布地には、白糸で、控えめな可愛らしい刺繍が施されている。

ジャスミンの花だ。

『あなたは私のもの』という花言葉を思い出し、アレリラは少し顔を赤くした。

同じところで作られたのだろう、ワンピースと同じ色で、刺繍と同じ花飾りをつけた、つば広の帽子。

若い格好だけれど。

全体的に見たら落ち着いた印象のあるそれは、年齢的に若すぎるから……と遠慮もしづらい一品だった。


――良い品だとは、思うのですが。


自分に似合うだろうか、腕と踝が出ているのは、少々はしたないのでは、と、不安になる。

すると、そんなアレリラの気持ちを汲み取ったのか、ケイティがニコニコして口を開いた。

「えぇ、えぇ。奥様には大変お似合いかと思いますよ。こんな粋な贈り物をなさるようになったとは、旦那様には長年仕えておりますが、感無量でございますねぇ」

「そう……でしょうか」

どうやら、おしゃれというものに対して若干抵抗があり、堅い……言い方を変えると古く地味な……装いを好むという自覚のあるアレリラよりも、ケイティの方がこうした華やかで新しいものに、あまり抵抗を覚えないようだ。

しかし、せっかくのイースティリア様のご厚意を無下にするわけにもいかない。

悩んだ末に、アレリラはおずおずと申し出る。

「その……せめて、上半身を覆うショールなど……その、このワンピースの華を損なわないようなもの、を……用意して、もらえますか？」

腕をずっと出しているのは、やはり恥ずかしいので。

アレリラの気持ちを汲み取ってくれたのか、ケイティはうんうん、と頷きながら、レース地の薄く透ける、細めの白いショールを出してきてくれた。

そして、さらに衝撃の一言を告げられる。

「奥様が恥ずかしがるだろうからと、旦那様からこちらもお預かりしております」

そう言われて、まじまじとショールを見ると。

やっぱりそれも、ジャスミンの花が刺繍されているものだった。

「い、いかがでしょうか……？」

アレリラは、少し恥じらいながら、居間で待っているイースティリア様の下に赴いた。

一応、家の中なのでショールは肩ではなく腕に掛けているが、両手で抱くようにして、なるべく腕を隠している。

踝が見えているのが、ひどく落ち着かない。

そんなアレリラをどう思ったのか、イースティリア様はゆっくりと視線を上から下へ、下から上へ、と動かして。

「見立て通り、とてもよく似合っている。君の落ち着いた性格と美しい所作を、少しでも引き立てる華やかさを添えたかったのだが……アルがそのように愛らしく恥じらう様が見られるのなら、もう少しスカートの丈を短くしても良かったかもしれん」

「これ以上短いと、はしたなくて外に出られないかと……思いますが……」

思わず視線を落とすと、イースティリア様はそっと近づいてきて、耳元で囁いた。

「では、部屋着として贈ろう」

「申し訳ありませんが、遠慮させていただけないでしょうか……」

家の中にも使用人がいるのだ。

彼らに、侯爵夫人としての自覚が足りない浮かれた格好をしている、と思われてしまったら、どうするのか。

「からかうのはおやめください……」

「すまなかった。だが、アルによく似合っている、と思っているのは、本心だ。その刺繍に込めた気持ちもな」

「ありがとう、ございます」

頬の火照りが冷めないまま、アレリラはイースティリア様と共に馬車に乗り込んだ。

「今日は、図書館に足を延ばすのだったな」

「はい。イース様と共に出かけるのであれば、必ず行きたいと思っておりました。その後は、昼食をとり、先日覚えた釣りに赴きたいと思っております」

事前に伝えているが、再度予定をお伝えすると、イースティリア様は頷いた。

「釣りというものは、初めてだな。アルが勧めるということは、よほど気に入ったのだろうか」

「大体の時間は、落ち着く、という感じです。エティッチ様とウルムン子爵と共に糸を垂らした時に、少々心惹かれました。それに、楽しい、です」

釣り上げた時の、魚の暴れように驚き、釣り上げることが出来た嬉しさを感じたのだ。

今まで知識でしか知らなかったことは、実際にやってみると、とても新鮮だった。

イースティリア様にも、ぜひ経験して欲しい。

バルザム帝都に漁港はないため、これから行くのは、川魚を放流しているという川溜まりである。

なんでも、川渡しで財を成した釣り狂いと呼ばれる男爵がおられ、その方が多くの人に釣りに親しんで欲しいと道楽で開いているそうである。

世の中には、調べれば様々な趣味を持つ人がいて、まだまだ知らないことが数多くある。

「知らないことを知る、というのは、楽しいものです」

「そうだな。知識もそうだが、アルの知らない一面を知るのも、私にとっては楽しいことだ」

するりとアレリラの髪を一房手に取り、イースティリア様が口付けを落とす。

「あ……」

「不快か？」

「いえ……」

今日のイースティリア様は、いつも馬車で王城に向かう時とは、少し態度が違う。

嬉しくもあるけれど慣れないので、戸惑ってしまっただけだ。

今日のアレリラは『デートですから』と、いつもの一つ結びではなく、侍女たちが編み込んでくれた髪を自然に流したスタイルだ。

普通既婚者は結い上げるものなのだけれど、まだ子どももいないから、と強引に押し切られた。

ちなみにそれを強硬に主張したのは、以前、人の仕事を見下す様子が見えたので、下働きの仕事をさせてみた侍女で、今はすっかり反省して態度が変わっていた。

彼女は元々、おしゃれに興味があるそうで、下働きや下級侍女に簡単で綺麗に見える化粧の仕方や、肌の手入れ法などを教えているそうだ。

それに目をつけたケイティが、アレリラの容姿を整える専属の侍女として、引き上げた。

実際、彼女に体をケアされ、見立ててもらったドレスを身につけて化粧をしてもらうと、自分とは思えないくらい艶や品のある装いに仕上げてくれる。

ただ、少しでも色気のある服装をさせたい、という彼女の要望に対しては、断固拒否の姿勢を示しているので、毎回その点で押し問答している。

「図書館で、何をするつもりだ？」

「イースティリア様が興味のある本などを、知りたいと思っています。そこに書かれている内容で、知っていること、考えていることなどを教えていただきたいです」

「なるほど」

頷いたイースティリア様は、少し面白そうな色を目に浮かべて、片目を閉じる。

「では、魚や漁業について調べてみようか。川魚や釣りもだが、港町との交易をもっと盛んにするために、大街道計画を少し見直す案も出ているのでな」

「そうなのですか？」

「ああ。一緒に考えてみよう。面白いアイデアが出るかもしれない……それに、私のことを一方的に知るのではなく、私にもアルのことを教えて欲しいからな」

そう言って頬を撫でられ、アレリラは微笑んで頷いた。

「畏まりました、イース様」

「愛称で呼んでくれるのに、君のその丁寧な口調は、いつまでも変わらないな」

ほんのり苦笑したイースティリア様は、アレリラが謝ろうとするとそれを手で制した。

「いや、いい。それがアルらしくもある、と思ったからな」

そうして、たまに仕事の話を交えながら、川魚の生態や、近年盛んになってきた養殖業に関するイースティリア様の興味や考え方などを伺い。

逆に、実家のダエラール領で実践している、小規模な魔導布を使った追い込み漁の内容を話して、褒められたりしながら。

アレリラは、イースティリア様と昼食に赴いた。

「これは、初めての体験だな」

興味深そうなイースティリア様を見て、アレリラは初めての経験を提供できたことに満足する。

昼食をとる、と言って向かった先は、帝都にある緑地公園だった。

元は王家の所有していた私有地に、離宮と共に作った庭園だった。

そこは以前、大規模な災害が起こった時に住居を失った市民の一時避難所として使用したことがある。

それをきっかけに、災害対策が見直され、あまり使っていなかったこともあって、現王家がここを憩いの場として、開放したのだ。

優美な庭園の中で敷物を敷き、アレリラはバスケットの中身を取り出した。

豊富な具材を挟んだパンに、護衛の者に事前に指示して買いに行かせていた屋台の串焼きなどを加えて、昼食とする。

「どうぞ、お召し上がりくださいませ」

庶民の食事を摂ったことがないだろうイースティリア様に、以前、ダエラール領で行かせてもらったお祭りの経験を参考にしつつ、手で食べるやり方を伝える。

戸惑いつつも、優美に食事をするイースティリア様に少し見惚れながら、アレリラもそれらを美味しくいただいた。

レクリエーションの企画は苦手だったけれど、やったことのないことを体験していただく、という目論見は成功したようだ。

これで、後は釣りに赴くだけ……という段階で、イースティリア様に思いがけない提案をされた。

「膝枕、というものをしてみたいのだが」

膝枕。

それは、確か相手の膝に頭を乗せて寝転ぶ、というものだったはずだ。

楽しめはしなかったが読んだことのある恋愛小説の中に、出てきていた。

「……一体、どこでお知りになったのです？」

「美の女神の絵画だな。有名なものだと思うが、優しい顔立ちで、寝転んだ恋の相手である男神を撫でているものだ。君も知っているのでは？」

「『エフリアの慈愛』ですね」

「そうだ」

さすが、イースティリア様は愛の営みを知る方法もお上品であらせられた。

しかし。

「わたくしが……イース様を」

自分がやるとなると、全くもって話は別である。

考えただけで、心臓から熱が顔に上ってくる気がする。

イースティリア様を。

膝枕。

わたくしが。

「嫌だろうか？」

「いえ、決して……そのようなことは、ないのですが」

ただ、恥ずかしいだけで。

人前で膝に、この麗しい顔を間近に見つめながら、乗せておくことが。

おこがましい気もするし、はしたない気もする。

でも、何故だろう、イースティリア様の瞳の奥に、期待するようなキラキラとした煌めきを感じてしまって、お断りすることが出来ない気がする。

そっと頷いたアレリラの膝に、彼が頭を乗せる。

「これは……思いの外、心地よいな」

「そうなのですか？」

「ああ。このまま寝入ってしまいそうだ」

「お望みならば」

「もったいない気もするな……今度、アルにもしてやりたい」

「……………寝室で、お願いいたします」

「このそよ風が、気持ちいいのだがな」

と、言われても、する側でも恥ずかしいのに、される側になるなど、全く勇気が出ない。

本当にうとうとしているようなイースティリア様の頭を、そっと撫でてみると、銀糸のような髪は柔らかく、指先がすり抜けるように艶やかだった。


——美しい、ですね。

男性に対する感想では、ないかもしれないが。

無防備な美形というのは、どこか可愛らしくも見えるのだと、アレリラは初めて知った。

もしかしたら、それは、相手がイースティリア様だからなのかもしれない。

やがて、スゥスゥ、と寝息が聞こえてくる。

本当に眠ってしまわれたようだ。


──仕方がないですね。


その寝顔を見ていたら、恥ずかしさよりも愛しさが増してくる。

しばらくして、先の予定を確認したそうな侍従が声を掛けようとしてくるが、アレリラは口元に指を当ててそれを制した。

「キャンセルしてください」

と、口の動きだけで伝えると、眠るイースティリア様と、それを指示したアレリラに二重の驚きを示してから、侍従が去っていく。

少し離れて見守っている、居た堪れなさそうな護衛騎士や侍女たちに申し訳なく思いつつも、アレリラは空を見上げた。

よく晴れていて、気持ち良い。

たまには、何も考えない、こんな過ごし方も悪くないだろう。

半刻ほど経って目を覚ましたイースティリア様は、釣りに行けなかったことや寝入ってしまったことを謝罪してくれたけれど。

アレリラは、十分に初めてのデートを満喫したのだった。

サイドストーリー　王太子殿下と妃殿下の関係について。

その日、アレリラはイースティリア様に呼び出され、人払いをした王太子殿下の部屋を訪れていた。

「ああ」

「極秘事項、ですか？」

バルザム帝国王太子、レイダック・バルザム。

第一王子として生を受けた彼は、明朗快活、優秀で聡明な人物である、と評価されている。

同時に、色々と破天荒な……『妖花に狂った第一王子』『脱走常習犯』『才能の無駄遣い』などの……悪評にも事欠かない。

悪ふざけが好きで、他人を翻弄する言動や行動が非常に目立つ人物なのだ。

今も、その端整で甘い顔にニヤニヤと笑みを浮かべて、アレリラに目を向けている。

そんな王太子殿下を冷たい目でチラリと見てから、イースティリア様が口を開いた。

「これから話すことは、正式発表まで口外を禁ずる」

「畏まりました」

何を知らされるのかは不明だけれど、イースティリア様の言葉に逆らう理由もないので、アレリラは優雅に膝を折る。

「相変わらず二人して鉄面皮だな」

「そのようなことはございません」

「いや、あるからな？」

イースティリア様と王太子殿下は、幼馴染みで仲が良い。

言葉遣いこそ丁寧だが、長く彼らを見てきたアレリラには分かるくらい、イースティリア様の王太子殿下への態度はぞんざいである。

「そろそろ内容に入っていただいてよろしいでしょうか？」

わざわざ呼び出すくらいなので、アレリラに対して話す気はあるのだろう。

であれば、仕事中である以上、無駄に時間を使うべきではない。

すると、王太子殿下は気分を害した様子もなく答えを口にした。

「ああ、おそらくウィルダリアが懐妊してね」

あっさりと告げられた言葉にアレリラは驚き、わずかに目を見開いた。

「なるほど……」

しかしすぐに気を取り直すと、極秘事項と言われた理由と、それを伝えられた理由を、即座に理解して返答する。

「公表時期とご予定の変更ですね。各所との調整を、わたくしが行えばよろしいでしょうか」

「君は本当に、話が早くて助かるね」

ニヤリと笑った王太子殿下に、イースティリア様が淡々と付け加える。

「妃殿下の抜けた穴には、極力殿下を割り振るように」

「おい!?」

「畏まりました」

王太子殿下は焦った顔をなさったけれど、アレリラは意に介さなかった。

女性のみのお茶会であったりとか、人前に出る予定が重なった、などということでない限り、殿下の書類仕事が増えるだけなので特に問題はないと思われる。

「妃殿下のフォローです。殿下ご自身が頑張られるのは当然のことかと」

「体が大事な時期には、連れ合いが側にいた方が良いって考えはないのか」

「ないですね。妃殿下のお体の問題ですので、殿下が側におられても役に立たないでしょう」

バッサリとイースティリア様に切り捨てられて執務机に突っ伏した王太子殿下だけれど、すぐに気を取り直したのか、ため息を吐いて起き上がる。

「まぁ良いけどな……しかしウェグムンド侯爵夫人、初めて君が表情を動かすのを見たが、そんなに意外だったかい？」

「……そのようなことは」

王太子殿下の質問に、アレリラはどう答えるか少し迷った。

あまり直截に言ったら不敬に当たるのではないかと思ったからだが、王太子殿下は快活に笑うと片目を閉じる。

「正直な意見を許そう。ただの興味本位だからね」

「殿下のご想像とわたくしの考えに、さほど相違はないかと思われます」

それでも、あまりに直接的な肯定は避ける。

意外だった、というのは事実だからだ。


ウィルダリア王太子妃殿下は、とても変わった方だ。


噂によると幼少の頃より、〝傾国の妖花〟アザーリエ・ロンダリィズ伯爵令嬢に惚れていて、婚約者であるはずの王太子殿下とどちらがその心を射止めるかを競っていた、という。

女性を好きだと公言しているに等しい話だ。

その彼女が、懐妊である。

褥(しとね)を共にするのが義務に等しい王族であるとはいえ、実際に懐妊の報(しらせ)を聞くと、やはり意外さが先に立ってしまったのである。

アレリラは帝宮の執務に携わっているとはいえ、元々子爵令嬢であり、妃殿下の人となりに触れる機会もさほど多くはなかったため、実情を知らないからだ。

「ウィルは俺のことが嫌いなわけじゃないからな。これは考え方の問題なんだが」

王太子殿下が、人差し指を立てて軽く振る。


「ウィルは女が好きなんじゃなく、アザーリエが一番好きなんだ」


その言葉の意味を、アレリラはよく理解出来なかった。

なので返答に困って黙っていると、王太子殿下が言葉を重ねる。

「アレリラ自身のイースに対する気持ちを考えてみるといい。君はイースを尊敬しているそうだが、彼が男だから尊敬しているというわけではないだろう」

「……仰る意味は、分かりますが」

世の中には、親愛と恋愛の違いというものもある。

そうした点を考えた時に、仮に女性であっても添い遂げたいと思うかどうか……そうしたことに思いを馳せるには、アレリラは自分が杓子定規すぎる人間である自覚があった。

自分も、女性でありながら出仕している身なので、変わり種といえば変わり種ではあるけれども……それはまた、変わり方の種類が違うように感じた。

「殿下。用件を終えられたのでしたら、妻をからかわずにさっさと切り上げていただきたく。彼女も暇ではございませんので」

「はいはい」

行っていいよ、と王太子殿下が腕を振るので、アレリラは入室した時同様に淑女の礼(カーテシー)をとってから、背を向けないようにして退出した。

その後、イースティリアも執務に戻ったので、レイダックは執務を切り上げた。

働くのは嫌いではないが、好きでもない。

急ぎの用件は終わらせたので、残りは明日やることにして、もう一つ大事な用件を片付けなければならないのだ。

レイダックは、自分の評判に興味がなかった。

あまりにも悪くさえなければ、結構どうでもいいと思っている。

むしろ、アザーリエがこの国にいた頃の『妖花に狂った第一王子』というあだ名が結構気に入っていた。

そして、レイダックがそう呼ばれる原因になった人物こそ、今まさに訪ねた部屋にいる人物。

元公爵令嬢で現在は男装の王太子妃、ウィルダリア・バルザムである。

「やぁウィル。機嫌はどうだい？」

「レイ、聞いてよ～っ！　イースが嫁に構ってばっかりで、最近仕事押し付けてくるんだけど！」

「いや、今までアイツが一人で処理しすぎだっただけだろ」

そしておそらく、ウィルダリアの仕事は増えているのではなく、彼女の決済がどうしても必要なものや段取りをつけなければならないものを、最優先で回されているだけだろう。

レイダックは、仮にウィルダリアの仕事が増えているのだとしても、こんな時でなければ、それ自体は悪いことではない。

「イースには、人に任せることを覚えてもらわないといけないと思ってたし、丁度いい」

「え？　人を使うのは上手いでしょ？　イースは」

「分かってないな、ウィル。イースは、人を使うのは上手くても、人に任せないんだよ」

「何が違うの？」

キョトン、とするウィルダリアも二人に似た傾向があるので、レイダックは苦笑した。

「使うのが上手いっていうのは、命じるのが上手いってことだ。でもな、命じられたことをただやるだけで済むのは、下の人間だけだ。逆に使う側……人の上に立つ人間を育てられなきゃ、いずれ国が沈むだろ。組織運営ってのは、本来、一人で出来るものじゃないからな」

イースティリアとアレリラは、二人で仕事を抱えすぎていた。

陰に隠れてはいるが、真面目で実直なあの秘書官も、正直有能すぎる。

これ以上仕事を抱えて、彼らがもし急に倒れたりでもすれば、その仕事を処理できる人間が存在しなくなってしまう。

有能な個人に頼り切るのは、短期的にはともかく長期的には帝国の益にならないのだ。

「誰かしか知らない仕事、誰かしか出来ない仕事。そんなもん作ったら専横を許すことになるだろ。代々受け継がれでもしたら、誰もその血統に逆らえなくなる。……そんな立場の人間は、王族だけで良いんだよ」


一番危機感を覚えたのは、第二王子擁立派の中に、人を操る薬物が出回っていた事件の時。

二人は情報を得るや否や解決に乗り出し、さらに相手の勢力を最小の労力で削ぎ落とした。

おかげでより治世は安定し、レイダックの地位も盤石になった。

結婚の話を聞いたのは、このままでは、いずれあの二人を危険視して排除する動きも出てくると懸念していた矢先のことだった。

そんな風に思いながら、冷たくレイダックが目を細めると。

ウィルダリアはパチパチと瞬きをして、バカにするように鼻を鳴らした。

「言いたいことは分かるけど、似合わないから偽悪的な言い方、やめたら？」

「うぉい！　バレバレかよ！」

せっかくカッコよく決めたのに、と思っているとウィルダリアがひどく呆れた顔をする。

「何年付き合ってると思ってるの。イースとアレリラが倒れないか心配してただけでしょ？」

「まーそれもあるけど、さっき言ってたことも本当だよ」

見抜かれるのは、腹が立つし少々恥ずかしい。

言いながら、レイダックはウィルダリアの額を指先で弾く。

「あいた！　何するのさ？」

「お前も、イース以外のヤツに任せることをそろそろ覚えろよ。自分の代わりに上に立てる人材を作れ」

上に立つ人材とは、ある程度仕事を把握し、状況を理解して動ける者のことを指す。

つまり上司とは、疎まれつつも『組織や生活を良くするための仕事を作る』側の人間でなければならないのだ。

その作った仕事を人に任せて動かすのが、上役の本来の仕事なのである。

でないと、例えばイースティリア一人が倒れるだけで、あらゆる業務が滞ることになってしまう。

――昔から、他人のことを信用出来ない気質ではあったけどなぁ。

イースティリアが、大体の他人を『無能』だと認識していたことを、レイダックは知っている。

自分も、ある一点においてそう認識されていたのも、当然ながら把握していた。

しかし、それを知っていても気にしていなかった。

彼が優秀なのは実際にそうだし、相手を無能と思っていてもその言葉に理があれば提案を呑み、さらに命令となればきちんと遂行するのもまた、イースティリアという人間だったからだ。

「ボク？　何でボクまで？　っていうかレイこそ作る立場じゃないの!?」

「俺はイースとウィルがいるからいーんだよ」

「えー！　ズルい!!」

「何もズルくない」

有能な側近が既にいるのだから、仕事を任せるのは当たり前だ。

しかしブーブー文句を言うウィルダリアに、レイダックはニヤリと笑う。

「そんなに文句ばっか言ってると、大街道整備計画の予算回してやらねーからな。愛しのアザーリエ嬢に、気軽に会いに行ったり出来なくなるな？」

「ぐう……っ!!　卑怯だよレイ！　ボクの逢瀬の願いを邪魔するなんて！」

王太子妃ウィルダリアは、アザーリエに惚れている。

当時、女でかつレイダックの婚約者であったにも拘わらず、アザーリエにぞっこんだったウィルダリアは、社交界で途方もなく有名だった。

本物の妖花狂いは、ウィルダリアの方である。

もっとも、自分たち二人が熱を上げ、彼女の家が国内でも名高いロンダリィズ伯爵家、ということで、アザーリエの色香に惑わされていた他の男どもが自制心を働かせていたのも事実だ。

もしそれがなければ、あの本性が臆病な人見知りであるアザーリエは、とっくの昔に誰かにどこかに連れ込まれて『食われて』いただろう。

ウィルダリアとレイダックが、結婚したらアザーリエを後宮に引き入れようとしていたのもまた、有名な話である。

「うぅ〜……で、でも、それがなければレイもアザーリエに会うのが難しいんだよ!?　それで良いの!?」


——コイツ、まだ気づいてないのか。


今度はレイダックが呆れた。

「人のものになった女に興味はない。てか、俺は元々アザーリエ嬢にそんなに興味はねーよ」

「そっ……そうなの!?」

ウィルダリアが愕然とするので、レイダックは喉を鳴らして笑う。

「後宮に入れるのに乗ったのは、単にお前がお熱だったからだ」

アザーリエとは、彼女が色気ムンムンになり始める前からの知り合いである。

北の国との終戦を成し遂げた英雄の娘なので、当然ながら懇意にしていた。

その頃から、ウィルダリアはアザーリエが大好きだったが、レイダックが後宮に彼女を入れようと画策していたのは、どちらかと言えば彼女の身を心配したのと、政略面からの話だ。

「しかしロンダリィズ伯の采配は完璧だったな。まさか北の、それも継承権まで持ってるような公爵に嫁がせるなんてな」

聞いた時には、感心したものだ。

それなら、戦争をしていた相手と和平を結ぶ証拠にもなるし、人脈にもなる。

さらに、国内貴族の誰に嫁がせるよりも不満が出ない。

しかも、婚約者がいるのに彼女に入れ込む者が続出して婚約破棄や解消騒動に発展することが危惧されていた、帝国社交界にも平穏が戻る。

至れり尽くせりの采配だったのだ。

まぁ、目の前にいるウィルダリアが婚約直後は荒れに荒れて、大変だったりはしたけど。

お前は俺の婚約者だろ、と何度言いかけたことか。

「ぼっ……ボクが公爵とアザーリエの仲睦まじさを暴露した時に、あんなに、あんなに身悶えてたのにっ！」

「演技だよ」

そうしないとウィルダリアが不満を爆発させることが、レイダックにはちゃんと分かっていた。

「俺が好きなのは昔っからお前だけだよ」

ニヤニヤしながら、十何年越しの告白をしてやると、ウィルダリアが息を呑み、徐々に赤くなる。

「そっ……そうなの……？」

「おう。あ、別にアザーリエを想うな、なんて言わねーから安心しろよ。そうやってアザーリエに夢中なところまで含めて、お前が好きなんだよ」

正直、相手が男だったらぶち殺してやるところだが……アザーリエは、幸運なことに女だ。

眺めていて楽しい部分もあったし、ウィルダリアはこれで、幼い時からきちんと教育を受けていて、親しい相手以外には完璧な王太子妃として振る舞える。

アザーリエ狂であることも、男装も、きちんと務めを……それこそ、房事まで含めて……こなすからこそ、多少の瑕疵は親しみやすさとして受け入れられているのである。


ウィルダリアは、アザーリエに関すること以外は、有能なのだ。


「え、そ、それじゃ……その、いつも……夜、優しくしてくれるのも……？」

「そりゃそうだ。愛しい女を抱けるのに、さっさと済ませるわけないだろ？」

ウィルダリアがレイダックに向ける気持ちが、愛情なのか親愛なのかはイマイチ分からない。

が、憎からず思ってくれているだけで、十分だった。

今も、顔を赤くしてモジモジしている可愛い妻が、レイダックとの夜が悪くないと思っているのは、乱れ具合からよく分かっている。

ウィルダリア自身も、アザーリエを諦めてからこっち、自分の気持ちがどんな風に変化しているのか、多分理解してないんじゃないかと思う。

しかし、ここにきてレイダックが自分を意識させたのには、ちゃんと理由があった。


「でも、しばらく夜は行かね」

「え？」

ウィルダリアがショックを受けたように目を見張るのを見て、レイダックは肩をすくめた。

「抱けないだろうし、寝相が悪くて腹を蹴ったら最悪だからな。後、医者を手配してるから、この後診察を受けろよ」

「え？」

イマイチ分かってない様子の彼女に、こういうところは鈍いんだよな、と思いながら、きちんと伝える。

「お前、自分のことには本当に無頓着だよな。乙女の日が遅れてるのに、何で俺が気づいてウィルが気づかないんだよ」

「へぁ!?」

彼女の月のものについての報告は、当然ながらレイダックに上がってくる。

後継者問題なので、王族にそうした面でのプライバシーは皆無なのだ。

基本的に、何回シたかまで、扉の外で窺われているのである。

レイダックは薄々勘づいていたが、遅れております、と侍女から言われて、すぐに医者を手配させた。

「きっ……気づかなかった……」

「だと思った。そういうわけだ。早とちりじゃなきゃ、俺としては嬉しいけどな」

レイダックは、ますます真っ赤になるウィルダリアに片目を閉じる。

正直、帝位についたら後宮を与えられるとはいえ、政略ではなく『子どもが出来ない』なんて理由で側妃を娶るのは気が進まない。

それこそ、男子が生まれてしまったら、彼女の能力や家格的に危ういとは言わないまでも、ウィルダリアが正妃に相応しくない、なんて声が上がらないとは言い切れないのだ。

もしそんなことを言う奴がいたら、うっかり暗殺してしまいそうなくらい、レイダックは彼女に惚れているのである。

「お母様になる我が妻に、夫として愛を伝えておかなきゃいけないだろう?」

「うん……あ、ありがと……」

「それと、さっきの話。早急に進めなきゃいけない理由が分かったか?」

「さっきの……ああ、仕事を任せられる人材、ってやつ?」

「そう。これから体がしんどくなった時に、大街道計画が滞ったら……アザーリエと子どもを見せ合う、なーんていうイベントが遠ざかるかもな?」

「っ！」

真っ赤な顔から一転、青ざめて、ガタン、と立ち上がったウィルダリアが、駆け出そうとするのを防ぐために、レイダックはがっしり腕を掴む。

「レイ、放してっ！　今すぐにでも、人を見つけに行かないとっ！」

「走ってコケたらどーすんだよ。それに、それこそ誰かに命じろ。未来の王太子が流れた、なんてことになったらそっちの方が一大事だ」

そそっかしくて猪突猛進な妻に、レイダックはやれやれ、とため息を吐く。

「心配しなくても、伝えたらそれこそ、イースティリアが見つけてきてくれるだろ。めちゃくちゃ良い人材をな」


そして大街道計画といえば。

イースティリアとアレリラの新婚旅行の行程に、きちんと設営予定のルート査察が含まれていることも、レイダックは把握しており、同時に呆れていた。


――新婚旅行中くらい、二人とも仕事のことを忘れたら良いのにな。

そんなイースティリアとアレリラが新婚旅行に旅立つのは、ほんの数週間後のことだった。

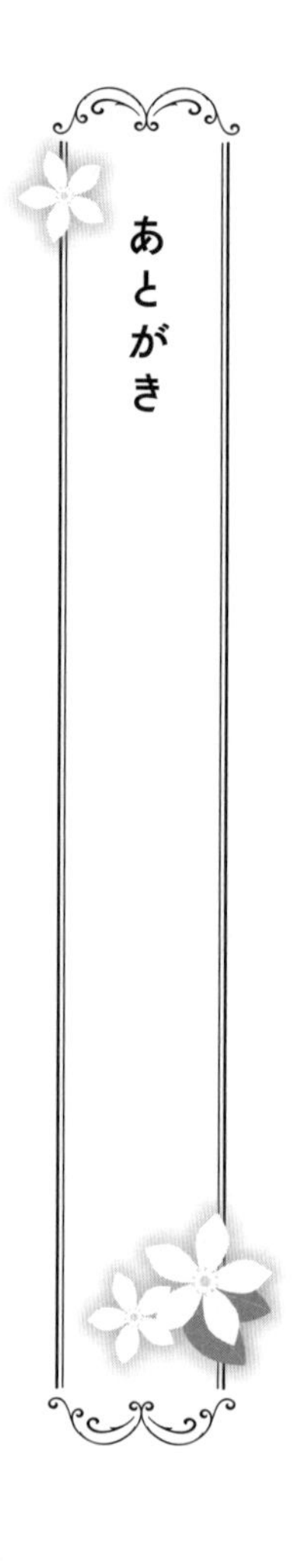

あとがき

皆さまご機嫌よう、名無しの淑女（♂）でございます。

初めまして、他作で出逢われた方は改めまして、心より感謝いたしますわ。

とまぁ、由来が物騒なペンネームに見合った、おふざけを終えたところで。


別の作品で悪役令嬢を書いたので、今作では婚約破棄から始まる物語を書いてみました。

ですが、婚約破棄からのシンデレラストーリー、普通に書かれた良作はたくさんありますので、さてどうしようかと思った時に。

ふと『では、常に事務的な二人が出会い、惹かれ合い、何の障害もないまま結婚すると、どうなるのか？』というところから、作品がスタートいたしました。

結果、冒頭30ページ前後で結婚してしまいましたね。

良いんですけど。

それならそれで、スローライフ的な作品を書くのも良いかな、と思いながら書き進めて行こうとしましたところ。

……ＷＥＢ版では、ボンボリーノ氏が全てを掻っ攫って行きました。

個人的には『メインで特に問題が起こらなかったけど、婚約破棄した側ってどうなってるんだろう？』と軽い気持ちで書いたんですけれども。

主役が白米なので、脇を固めるキャラはトンカツやハンバーグで良いでしょう。

美味しいですからね、ええ。（何の話だ）

今回、挿絵はＳｈａｂｏｎ先生に描いていただきました！

無表情で無愛想な表情に性格がよく出ていて、最高です！

あと個人的には、ちびキャラが大好きでして！　ちっこいアレリラ最高じゃないですか!?　さ・い・こ・うじゃないですか!?

またこちら、コミカライズ計画も進行しております！

担当していただけるのは、日田中先生です！

とても美しい絵柄で、しっかりと世界観を表現していただいているので、こちらもお楽しみに！

また、皆様と再会出来ることを願っております！

ではでは！

挿絵に出番がなかったミッフィーユ様
どうしてですの？
わたくしたちは出ましたわよ！♡
---可愛らしいな。
ミスした
アレリラ
Shabon
2023.4
あとがきとは名ばかりの
個人的に描きたい場面を描きちらす自己満足コ～ナ～!!
素敵なお話のイラストを描かせて頂きありがとうございました！

おまけ
アレリラおねーさまと
フォッシモの爵位講座

「アレリラおねーさま、おしえてください」

「何をですか、フォッシモ」

おねーさまのへやに行った6さいのフォッシモを、おねーさまはいつもどおりの『むひょうじょう』で出むかえた。

「『しゃくい』がよくわかりません！」

「爵位ですか」

おねーさまはうなずいて、本をもってきてお話をしてくれた。

おねーさまは知らない人にこわがられるけど、やさしいのだ。

「爵位とは、貴族の中での序列のことです。国によって違いますが、バルザム帝国の一番上には帝王陛下がいます」

「ていおうへいか」

「そうです。陛下というのは、帝王陛下と帝王妃陛下、それと、王や王妃になったことのある方にだけ使う尊称です」

「ていおうへいかいがいにも、王になる人がいるのですか？」

　フォッシモがコクンとあたまをたおすと、おねーさまはうなずいた。

「います。生前に退位なさった上王陛下や、他国の王などです」

「ほかのクニにも、王さまがいるのですね」

「ええ。その次に、王子と王女がいます。この方々には『殿下』という尊称があります。間違えてはいけませんよ」

「はい！」

「その下が、【公爵】です。公爵は、帝王陛下のご兄弟など、王族の血を引く男性の方々に与えられる爵位です。貴族の中で一番偉いのです」

「あねやいもうとは、なれないのですか？」

「嫁いだ先の爵位を名乗る夫人になります。その子どもまでは王族ですが、それ以降はただの貴族になります」

「む〜。むずかしいです！」

　フォッシモが口をとがらせると、おねーさまは何かをかんがえた。

「そちらに関しては、爵位に関係ないので後々覚えればいいでしょう。重要なのは、公爵という地位にどうやってつくのかという点です」

「……はい」

　ちょっとくやしいけど、しょーがない。

「公爵も孫の代には公爵の一つ下の爵位、【侯爵】となります。侯爵は、公爵よりも下です。王族ではない貴族の中で、一番偉い立場です」

「そうなのですね！」

「はい。その侯爵の下が【伯爵】です。ここまでを『高位貴族』と呼びます」

「こういキゾク」

「ええ」

「そうでないキゾクと、何がちがうのですか？」

「侯爵や伯爵になるには、元々高位貴族の家に生まれた方を、婿や嫁としてお迎えする必要があります」

「なんででしょう？」

「そういう決まりごとなのです。伯爵の下が【子爵】、その下が【男爵】になります」

「ししゃく！」

　フォッシモは、おねーさまが言ったことをしっていたので、うれしくなった。

「ししゃくは、うちのしゃくいですね！」

「そうです。子爵や男爵は『下位貴族』で、親から爵位を継ぐ貴族の長男や、陛下から爵位や領地を授けられた方がなれます。お金をたくさん持っていたり、功績を残したりした平民にも与えられることがあります」

「あんまりエラくないってことですか？」

「そうとも言えますね。最後に、『一代貴族』と言われる【騎士爵】や【準男爵】、【準子爵】がいます」

「何がちがうのですか？」

「騎士爵は、何らかの武勲を立てたり、軍の中で騎士に任命されたりした人の爵位です。準がつく子爵や男爵は、扱いはほとんど同じですが、領地を持っていない方々です」

「りょうちがないと、いちだいきぞく、なのですか？」

「そうです。領地を返上なさった方も準扱いになります。書き記すと、こういうことです」

　おねーさまは、もってきたカミにサラサラとペンでかいて、わたしてくれた。

＊　＊　＊

帝王、帝王妃（陛下／王族）
王子、王女（殿下／王族）
公爵（高位貴族／王族）
侯爵（高位貴族）
伯爵（高位貴族）
子爵（下位貴族）／準子爵（一代貴族）
男爵（下位貴族）／準男爵（一代貴族）
騎士爵（騎士／一代貴族）

＊　＊　＊

「爵位については、以上です。何か質問はありますか？」

「ありません！　ありがとうございました！」

もっときいてもイマイチわからない気がしたので、フォッシモはカミを受け取って、おねーさまにピョコンとあたまを下げた。

するとおねーさまはうなずいて、じじょに目をむける。

「では、おやつの時間にしましょう」

わいい!
無自覚な天才少女は気付かない
～あらゆる分野で努力しても家族が全く認めてくれないので、家出して冒険者になりました～
辺境の貧乏伯爵嫁ぐことになったので領地改革に励みます
～ドラゴンと公爵令嬢～
生贄第二皇女の困惑
敵国に人質として嫁いだら不思議と大歓迎されています
追放された聖女ですが、実は国中から愛されすぎてて怖いんですけど!?
毎月1日刊行!!!!!!!!!

強くてが
無自覚聖女は今日も無意識に力を垂れ流す
今代の聖女は姉ではなく、妹の私だったみたいです
異世界転移して教師になったが、魔女と恐れられている件
~王族も貴族も関係ないから真面目に授業を聞け~
エルフさんの魔法料理店
妖精女王として転生したけれど、まずはのんびりお料理作りまくります!
転生料理研究家は今日もマイペースに料理を作る
あなたに興味はございません
最新情報はこちら!
EARTH STAR LUNA
アース・スタールナ

EARTH STAR LUNA
アース・スタールナ

最強の新人女教師が
魔術学院のしがらみを
ぶち壊す!?

お局令嬢と朱夏の季節 ①
～冷徹宰相様との事務的な婚姻契約に、不満はございません～

発行 ―――――――― 2023年6月1日　初版第1刷発行

著者 ―――――――― メアリー＝ドゥ

イラストレーター ―――― Shabon

装丁デザイン ――――― 世古口敦志・丸山えりさ（coil）

発行者 ――――――― 幕内和博

編集 ―――――――― 及川幹雄

発行所 ――――――― 株式会社アース・スター エンターテイメント
〒141-0021　東京都品川区上大崎 3-1-1
目黒セントラルスクエア　7F
TEL：03-5561-7630
FAX：03-5561-7632
https://www.es-luna.jp

印刷・製本 ―――――― 図書印刷株式会社

ISBN 978-4-8030-1794-6